기해년의 기도

이 도서의 국립중앙도서관 출판예정도서목록(CIP)은 서지정보유통지원시스템 홈페이지(http://seoji.nl.go.kr)와 국가자료종합목록 구축시스템(http://kolis-net.nl.go.kr)에서 이용하실 수 있습니다.

(CIP제어번호 : CIP2020017745)

J.H CLASSIC 049

기해년의 기도

신협 시집

지혜

시인의 말

　시詩란 있었던 것을 기록하는 것이 아니라 있을 수 있는 것을 상상하는 것이며, 있어야 할 것을 읊는 것이며, 반드시 와야 할 것을 노래하는 것이며, 언젠가는 오리라고 믿는 것을 예언하는 것이다. 그러므로 시는 상상의 문학이다.

　詩는 혼으로 쓰는 것이다. 시정신이 결여된 시는 가짜 시다. 시정신이 약한 시는 낮은 단계의 시다. 시정신은 체험에서 얻어진다. 그러므로 시는 체험에서 우러나온 생생한 문학이며 가화가 아닌 생화와 같은 문학이어야 한다.

　詩는 사상과 감정의 설명이 아니라 표현이요, 진술이 아니라 의사진술이다. 시의 표현 기교는 시정신을 고도로 긴장시키기 때문에 필요조건이지만 충분조건은 아니다. 왜냐하면 시정신은 표현 기교 없이도 표현할 수 있기 때문이다. 그러나 대체로 시는 체험을 바탕으로 하여 표현 기교의 문학성을 얻어야 완성된다.

　詩는 인생과 자연과 神을 예찬하고 노래한다. 시는 과거와 현재를 읊기도 하지만 때로는 미래를 예언하기도 한다. 시인은 풀꽃같이 작은 것을 사랑스러운 눈으로 읊기도 하지만 때로는 우주의 별의 운행을 찬탄하기도 한다. 그러므로 시인은 예찬자요, 예언자요, 탁월한 예술가다.

詩는 시인의 감동을 전하는 문학이요, 시의 감동은 진실에서 온다. 시인의 진실은 진리의 깨달음에서 오고, 진리의 깨달음은 시를 통해서 전달된다. 따라서 시는 깨달음이요, 깨달음을 감동적으로 전달하는 예술이다.

2020년 3월
석계石溪 서실에서
신 협慎協 씀

차례

1부 무술년 여름일기

2부 못박기

3부 겨울나무가 울 때

4부 내가 만나고 싶은 사람은

5부 해맞이

• 일러두기
　한 연이 첫 번째 행에서 시작될 때는 > 로 표시합니다.

1부

무술년 여름일기

무술년* 여름일기 하나

매미는 굼벵이 시절 · 칠년을 땅 속에서 보내다가
드디어 가로수에 붙어 허물을 벗어버리고는
첫 비상, 행복한 날도 한 계절
아! 서러워라, 그 처량한 울음소리

* 무술년/戊戌年 (2018년).

무술년 여름일기 둘

하루살이들의 악다구리 윤무 속에 너희는
지상에서 몇 시간이나 더 머물 수 있을까
그러나 그들도 생명은 귀한 것
너희들의 춤사위 방해 않으리니

무술년 여름일기 셋

올해는 유난히 더워 홍천은 섭씨 41도의 폭염

BMW 꽁무니에 불을 달고 포도를 달린다.

불타는 서 아프리카*

벽 속에 갇힌 황색 쥐가 벽을 긁는다.

* 서 아프리카 : 서울이 섭씨 39.6도까지 수은주가 오르자 이를 풍자하는 뜻으로 서울을
  서 아프리카로 부른 것(중앙일보 2018. 8. 2) 서 아프리카=서울+아프리카.

무술년 여름일기 넷

"향후 200년 안에 지구를 떠나라"*

산에는 나무가 타죽고

강에는 강 바닥이 드러나고

해빙으로 바다가 넘쳐 섬을 삼키네.

* 영국의 천체물리학자 스티븐 호킹 박사가 운명하기 몇 달 전에 남긴 경고적 예언이라
  고 중앙일보(2018. 3. 20)가 전함.

무술년 여름일기 다섯

지구 온난화(CO_2)로 사막이 넓어지고 숨이 막혔으니
스스로 목에 비수를 대는 어리석은 자여
물고기며 들짐승 또는 하늘을 나는 새들 가족
에덴동산이 다시 그리워라.

무술년 여름일기 여섯

무위자연無爲自然 노자老子의 말처럼
자연으로 돌아가라는 루소의 주장처럼
자연은 인간의 아버지
우리도 '느림보' 지혜를 닮아 볼거나.

무술년 여름일기 일곱

장자가 나비 꿈을 꾸고 있나
나비가 장자 꿈을 꾸고 있나
꽃피고 새 우는 동산
둠벙에서 목욕하던 시절로 돌아가리.

무술년 여름일기 여덟

나물 먹고 물 마시고 팔을 베고 누워있어
대장부 살림살이 요만하면 만족하리.
마음을 비우면 인생은 즐거워
바람도 맛있고 달빛도 행복해.

무술년 여름일기 아홉

4차 산업혁명 AI*가 화약* 보다, 핵* 보다 더 무서워*

나는 나는 별빛 쏟아지는 고향 마당가

쑥불로 모기 쫓고 개구리 울음소리 듣던

농촌의 어린 시절이 그리워.

* AI : 허사비스의 알파고.
* 화약 : 노벨.
* 핵 : 아인슈타인/ 엔리코 페르미/ 에드워드 텔러(수폭의 아버지).
* 키신저 : "AI(인공지능)위협 방치하면 16세기 잉카제국 꼴난다"(중앙일보 2018, 8, 2).

무술년 여름일기 열

가족이 뿔뿔이 흩어져 핵가족 노부부
덩그러니 빈방 아파트를 지키네.
초가삼간 식탁 둘레에 부모 형제자매 그리워
담을 넘어 둥근 박이 보름달 보고 빙그레 웃네

기해년己亥年*의 기도

밝은 아침 태양 아래 한 해 만이라도
황금돼지의 복을 내려주소서

"섭씨 460도의 고온과 황사 비,
그런 날 오기 전에 지구를 떠나라"는
스티븐 호킹 박사의 경고를
새해엔 명심하게 하소서.

몽골사막의 황사바람이
목구멍을 간질이고,
중국의 공장굴뚝 매연에
우리를 미세먼지에서 안전하게 지켜주소서.

소득주도성장(소주성)이라는 망령으로
최저임금에, 주 52시간의 아이러니와
사고 공화국에 집값 파동 쌍곡선은
지역균형발전이라는 균형자尺로 풀어 주소서.

남북협상의 저자세와
중국의 사드 간섭 동양평화의 몰이해와

일본의 과거청산 회피와
북한의 거짓된 약속에 미국이 속지 않게 하소서.

그리하여 기해년엔 세계 평화를 이루고
황금돼지들이 대한민국으로 꾸역꾸역 모여들게 하소서.

* 기해년(2019년).

한 해를 보내며

벌써 해는 넘어가고
황혼이 찾아올 무렵
붉게 타는 찬란한 노을은
가난한 농부의 이마를 어루만져 줍니다.

때마침 저녁 종소리에
발걸음을 멈추어 선 농부는
깊은 한숨을 몰아쉬면서
제집으로 돌아가는 기러기 떼를 바라봅니다.

곡식을 거두어들인 빈 들녘에는
철새들이 먹어버린 우렁이 껍질만이 뒹굴고,
가슴 한가운데가 뻥 뚫린 낙엽은
찬바람에 길모퉁이에서 이리저리 방황합니다.

머얼리 봄소식이 들려오면서
태양은 또다시 떠오르듯
묵은 때를 말끔히 걷어내면
지난해에 떠났던 강남의 제비도 돌아오겠지요.

>

지금은 명상의 시간

밤하늘의 뭇 별과 함께

내 가슴에 고독이 내려와 쌓여

마지막으로 불타고 있는 낙엽을 바라봅니다.

2부

못박기

못박기

못을 박을 때에는 먼저
못 박을 자리를 고르고
못을 똑바로 세우고
망치를 힘껏 내리쳐야 한다
한눈을 팔다가 잘못 치면
인생은 멍들고 만다
튼튼한 밧줄을 걸고
밧줄을 당겨 산정을 올라야 한다

못을 박듯 조심스레 살아가도
건너기 힘든 목숨의 강
6·25의 탄흔 자리에서
우리 가슴에 박힌 못부터 빼야 한다
깊은 슬픔의 강을 건너서
멀리 갈대밭을 지나
내일은 저 푸른 언덕으로 가리라
못 박을 자리를 골라
못 박듯 살아가리라

못이 뽑히는 아픔을 아는가

못이 박히는 쓰라림을 아는가
못이 쓰러지듯 안스러운 몸부림을 또 아는가

못을 박을 때에는 먼저
못 박을 자리를 고르고
못을 똑바로 세우고
망치를 힘껏 내리쳐야 한다
한눈을 팔다가 잘못 치면
인생은 멍들고 만다
하늘 끝에 밧줄을 걸고
이 생명 갈대처럼 쓰러져도
밧줄을 당겨 하늘문을 열어야 한다.

강가에서

가진 것 다 잃어버린 뒤
강가에 나서니
여기 물 위에
가련한 세월만 출렁이고 있네

어찌 붙잡을 것인가
흔들리는 본질本質을
흔들리는 빛을
흔들리는 귓가의 소리를

물새는 어디론가 날아가고
물 위에 흐트러진 머리카락의 모습
그루터기에 앉아
나이테를 어루만지다가
문득 강가에 서면
신神이여, 하고 부를 때
잠시 들릴 듯 나지막한 소리

강물 위에
옷을 벗어던지고

눈마저 감았더니
흐르던 강물이
내 안에서 조용히 멎네

물 54

— 평화

바람이 없어 잔잔한 호수
백조 날아와 놀다가고
왜가리도 오리도 날아와 놀다 떠나고

매화나무에
매화 꽃 봉오리
활짝 피었네.

저주하는 마음 꽃잎에 묻어두고
미워하는 마음 꽃 속에 묻어두고
짧은 세월 아끼며 살아가리

물 55
― 행복

양수에 싸인 아가
근심도 걱정도 없어

생후 몇 년
엄마의 젖꼭지 물고
방실 방실 웃는 보습

엄마의 행복이
아가에게 번지나봐

물 56
— 양보

비가 오지 않아
타들어가는 논밭
농부는 내 논 물대기에 바쁘고
밤새우며 물싸움에 혈안이 되어있다.

누가 희생양이 되랴

마음씨 고운 형제는 달랐다

형님 먼저
아우 먼저
그날 밤 소나기가 형제를 살렸다.

물 57
― 지혜

인자仁者는 요산樂山하고
지자智者는 요수樂水라는
성현의 가르침에 따라
내 일찍이 물가에 살기를 원했으나
때를 벗지 못하고
누항陋巷에서 구르다 보니
희수를 넘겨서까지
지혜롭기는커녕 어리석어라.
아, 인생은 슬픈 것.
가을날 길가에 이리저리 구르는 낙엽이어라.

물 58
— 건강

공기와 물과 햇볕이
자연 그대로라면
고기와 밥이
자연 그대로라면
원시인처럼
자연 그대로 산다면

꿩을 잡고 노루를 쫓고
가축을 기른다면
산삼과 김치와 청국장과
막걸리를 즐긴다면
원시인처럼
자연 그대로 산다면

물 59
— 철학

물은 나의 철학
물 밖에도 물이 있고
물 안에도 물이 있다
물을 마시면 내가 물인 듯
물을 베고 누우면 침대처럼 포근해
내가 물이 되고 물이 나 될 때까지

물 60
― 종교

물은 나의 종교
나는 노자를 만난 뒤부터
노자를 내 마음에 모셨다
나는 장자를 읽은 뒤부터 물을 따랐다
물처럼 깨끗하게 살기 위해 기도하고
물처럼 순수하게 살기 위해 기도하고
물처럼 나를 잊기 위해 눈을 감았다
신이여 ! 자연이여 ! 나의 하느님이여 !

눈 온 아침

신부는 첫눈을 맞았다.
간밤의 길몽吉夢에 나타난
그리움 같은 발자국

이가 시린 흰 눈의 신천지
소나무는 산사 근처에서 꽃을 피우고
계룡산은 아직 전설에 묻혀 있다

진달래 빛 두 볼의 홍조
수줍은 새댁의 덧니 같은 아침 태양
너그러운 물소리에 눈조차 부시다

태고연한 절간의 독경 소리에
추녀 끝 풍경이 따라 울고
어디서 푸드득 꿩 소리에 놀라

동학사 굽이굽이 돌아
남매탑 전설을 디디고 오르면
오늘은 하늘처럼 트이는 가슴

청양의 방랑시인 박삿갓
― 박상일 시인 영전에

그대는 청양골에서 태어나
한밭을 빛내고
서울신문으로 시작해
대한의 시인으로 사셨고

방랑시인 김삿갓처럼
명승고찰을 누비며 시를 짓고
버스에서 마이크를 잡으면
명승지 해설에 달인이었소

아깝다 그 재주
석별의 정
저세상에서도 시인이 필요한 게지
어찌 야속타 아니 하겠소
그대 못다 부른 노래 명창 되소서.

미인은 박명이라더니
틀린 말 하나도 없네.
글재주 탁월하여 박삿갓이 되었구려.
대전시민이 주는 문화상 고이 간직하소서.
그곳은 생로병사 없는 곳 그대 명복을 비오.

3부

겨울나무가 울 때

겨울나무가 울 때

불 꺼진 거리
가슴 타는 불꽃으로
촛불 켜들 자 없는가.

이 밤 어느 나무인들
돌아오지 않는 계절을
찾아 나서지 않을까

살 수 없는 나무는 죽고
죽을 수 없는 나무는 살지만
살 수도 죽을 수도 없는
우리 정원의 나무는 어쩌나
낙엽은 겨울 속으로 떨어지고
강물은 지하수로 흐르면서
죽어가는 나무를 달랜다.

겨울나무가 잉잉 울 듯
말이 고이면 말을 퍼내고
피가 뜨거워 못 견디면
불 속에서 타죽거라.

소금

요즈음 나는 주머니에 소금을 넣고 다니지 않을 수가 없어서
주머니에 넣고 다니며 조금씩 먹지 않을 수가 없어서
조금씩 먹지 않을 수가 없다
세상이 싱거워서가 아니라
철조망 안의 세상이 심심해져서가 아니라
소금처럼 세상 인심이 짜져서가 아니라
어쩌면 동해 바닷물로도 갈증을 메울 수 없어서가 아니라
목구멍에 넘길 생계비마저 떨어져서가 아니라
병들고 죽고 썩어가는 착한 이웃들을 그냥 볼 수 없어서가 아
니라
"아니다"라는 말을 하는 사람이 없어서가 아니라
양심이 소금에 절인 동태눈깔처럼 찌들어서가 아니라
임이여
오천 년의 햇빛으로 걸러 낸 소금 한 줌을
주머니에 넣고 다니면서 먹지 않을 수가 없다

시를 위하여

한 편의 시가 꽃이라면
사계가 피었다 지고
비바람 눈보라 휘날려도
꽃씨 하나 겨우내 땅 속에서 잠자다가
봄날 땅 위로 솟아나와
줄기와 가지와 잎으로 무성하고
반짝이는 햇빛을 받아
마침내 꽃을 피우리니
꽃봉오리 터지는 소리도
꽃잎이 떨어지는 아픔도
꽃씨 영그는 보람도
한 우주가 열리는 순간이어라

한 편의 시가 새라면
나무 위에 둥지를 틀고
땅에 내려와 먹이를 찾고
두 날개로는 창공을 마음대로 날고
둥지에는 예쁜 알을 낳고
아침마다 알 수 없는 소리로 지저귄다.
비둘기는 비둘기 노래를 부르고

딱따구리는 딱따구리 노래를 부르고
참새는 참새 노래를 부르고
기러기는 기러기 노래를 불러
숲은 하느님의 품안처럼 안락하도다.

한 편의 시가 양파라면
시의 가슴에 숨겨 둔 상징과
시의 어디엔가 있을 자양분을 찾기 위하여
사람들은 양파를 벗기고 또 벗겨 본다.
양파는 벗겨도 그것뿐
씨앗을 찾을 수는 없듯이
시는 오직 양파로서 존재하는 것
양파는 껍질도 속도 모두 양파인 것을
양파 속에서 양파를 찾으려는 어리석음이여.

그리하여 한 편의 시가 여자라면
이슬로 맺힌 눈물의 순수도
달빛 흐르는 호숫가의 밀어도
오작교 건너는 머나먼 그리움도
떨리는 아미, 그 너머 흔들리는 교태도

긴긴 밤의 정화처럼 면면함이여.
고독은 영원한 끝
천상의 음계를 밟으며
저 영원한 여성의 아름다움만이
우리의 영혼을 이끌고
지상의 모든 것을 천상으로 인도하며
지극한 기쁨으로 노래 부르리니
천사여, 아름다움은 영원하리라.

적멸보궁寂滅寶宮

적멸보궁은 부처님의 사리를 모신 곳
이곳에서 나는 오대산 비로봉을 바라보았다.
오대산은 병풍처럼 둘러쳐 있건만
그 가운데 나는 홀로 서 있다네.

천지간 생물들은
오직 죽음으로 가고 있는데
집착하지 않으면
마음은 깃털처럼 가벼워

월정사 옆 시냇가 조약돌 하나
나와 인연이 있어 웃어주었네
만남이 곧 헤어짐과 다르지 않는데
석양의 해는 또 뉘엿뉘엿 넘어가네.

그릇 비우기

촛불이 탄다
초는 눈물을 흘리며
사람이 죽으면
영혼은 천국으로 가고
육신은 불꽃과 함께 춤을 춘다
육신이 한줌의 재로 꺼지듯
소리는 불꽃 속으로 사라지고
남는 것은 아무것도 없다.
가족들의 오열 속에
밤은 사위어 지새는데
촛불이 탄다
밤은 빈 주먹만 펴 보인다.
아아 목숨의 빈 자리여.

월남月南 이상재 선생李商在 先生

"칼을 쓰는 자는 칼로 망한다"던 선생
"일본은 망한다 망하고야 만다"하시던 선생
그리하여 오늘에 독립을 가져다 준 어르신

이제 목천 땅엔 독립기념관이 서고
여기 대한의 품에 편안히 잠드셨네

충청도인의 당당한 위풍으로
일본을 호령하시던 선생의 목소리
지금은 더욱 큰 목소리로 들려오네

벼이삭 노랗게 익어 일렁이는 황금물결
그 흙가슴에 서린 한을 묻어놓고
한산 땅을 돌아보러 또 오셨네

독립협회 만민공동회 혁혁한 발자취
민주대한 지켜보러 그 어른 또 오셨네

만해萬海 한용운 선생韓龍雲 先生

　당신은 옥중에서도 칼날을 가는 義士이셔요.
　당신은 연꽃잎을 밟으며 하늘의 무지개를 타는 詩人이셔요.
　당신은 누더기 장삼에 다 떨어진 짚신을 신고 뒤도 돌아보지
않고 걸어가는 禪師이셔요.

　지팡이를 짚고 허리를 펴서 하늘을 보면 타는 저녁놀에 우주
가 붉게 물들어 있어요.
　떨어지는 하나의 오동잎이 왜 그렇게 무겁게 느껴지는가를 당
신은 알고 있어요.
　목이 메도록 임을 부르며 촛불 앞에 서서 초가 다 타서 재가 되
고 다시 기름이 될 때까지 당신은 기다리고 있었어요.

　당신은 늘 알 수 없다고 하면서도 알고 있었고
　당신은 늘 이별을 노래하면서도 만나고 있었고
　당신은 늘 침묵하면서도 노래로써 말하고 있었어요.

　당신의 나룻배가 없었다면 나는 건너갈 수 없었어요.
　당신의 노래가 없었다면 나는 미의 창조를 못했을 거예요.
　당신의 포도주가 없었다면 나는 행복을 몰랐을 거예요.

>

사랑은 둘이 하나임을 깨닫는 연습인가요.

사랑은 나를 비우고 당신을 모시는 그릇인가요.

사랑은 이별에서 시작하여 만남에서 끝나는 것인가요.

님의 노래는 침묵할수록 멀리 퍼져나가고

님의 생명은 천번 만번 죽을수록 오래 살고

님의 사랑은 눈물이 많을수록 반비례로 커진다고 하겠어요.

당신의 나라에서는 찬송밖에 없어요.

당신의 나라에서는 복종밖에 없어요.

아아! 당신의 나라에는 행복밖에 없으니 의심하지 마셔요.

당신이 기다리던 님은 여기 우리 곁에 오셨어요.

당신이 부르던「님의 침묵」은 노래되어 우리 귀에 들려요.

당신이 흘린 눈물은 미소의 꽃으로 우리 가슴에 안겼어요.

석탄

석탄은 땅 속 깊이 눌려만 지내다가
검은 얼굴의 광부에게
끌려 나온다.
몇 세기 동안 꿈속에 갇힌 석탄
광부는 이놈을 흔들어 잠을 깨우고
등에 업어다가 지상에 내려놓는다.
검은 손과 발을 툭툭 털면서
지상의 어둠을 화안히 찾아간다.
불을 밝혀 어둠을 몰아내고
꽁꽁 얼어붙은 겨울을 녹이고
제 몸은 잿가루로 쓰러진다.
불 앞에는 광부의 아내가 손을 부비면서
봄이 오기를 고대하나
세상은 아직 어둡고
골목 안은 어제보다도 춥다.

별

꿈은 멀리 있어도
빛으로 다가온다.

세상이 어둘 수록
빛나는 그대

내 마음 괴로울 때면
날 위로하고

내 마음 흔들릴 땐
나의 새벽을 기도로 채워

마침내 그대
여명의 나팔소리 울리리니

산山

산을 누가 인자仁者라 말했던가?
그 말만 믿던 어리석은 나는
어려서부터 희수를 넘겨서까지
고향 뒷산 국사봉國師峰부터
백두산 후지산은 물론
코타키나바루와 안데스 산맥까지
누비고 다녔지만
내 우직한 탓에
아, 삶은 오를수록 목말라라.
늙어 옛 친구 떠나니 더욱 쓸쓸하구나.

새의 비상

언제부터였을까
인류는
새의 비상을 꿈꾸었으리라

높은 하늘을 훨훨 나르다가
미루나무 꼭대기에 집을 짓는 새

새는 배 속을 비워 날 수 있지만
나는 날개가 있어도 날 수 없어

나의 꿈은 백일몽
비행기는 만들었지만
새들처럼 비우지를 못해 꿈을 접는다.

새똥보다 더러운 욕심
황금을 보기를 돌같이 하라는 말
비행기도 짐이 무거우면 추락한다.

4부

내가 만나고 싶은 사람은

내가 만나고 싶은 사람은

내가 만나고 싶은 사람은
빗속에 우산 없이 걸어도
옷이 비에 젖지 않는 사람이다
연잎처럼 빗방울이 굴러 떨어진다면

내가 만나고 싶은 사람은
비록 가난해도 슬퍼하지 않고
부유해도 부지런히 일하는 사람이다.
개미처럼 말없이 오직 제 일만 한다면

내가 만나고 싶은 사람은
꿈을 먹고 살아가는 사람이다
하늘이 무너진대도 꿈을 간직한
꿀벌이 꿀을 모으듯이 꿈을 간직한다면

내가 만나고 싶은 사람은
부족한 사랑에도 만족하고
주는 사랑을 더 좋아하는 사람
밤사이 내린 이슬처럼 은혜에 감사한다면

대숲에서 살리라

한 마디에서 다음 마디까지는
걸어서
몇 달이 걸리겠지

마디는 왜 아픈가
뜨거운 사랑 묶어 놓아
처절한 울음 삼키고

그 열매 속으로
잠적한 봉황
마지막 사랑은 또 왜 포기하려는가

하늘이 눈 감는 날
봉황은 대숲에 숨어살아
고매한 정령을 기르고저

가을 빗소리
　— 고故 변재일 시인 영전에

가을비 가을소리
뼈마디 울리고
소쩍새 울음소리 멀리서 은은한데
나뭇잎 바람에 쓸려 가을을 쓸어 덮는데

그대 목소리 어디서 들리는 듯
낙엽 떨어지는 소리
인생은 덧없는 눈 위의 발자국
가시는 발자국 따라가다 길을 잃었소

모든 근심 모든 짐 내려놓고
웃음꽃 만발한 저세상에서
그대 못다 한 꿈 이루소서
그대 영전에 명복을 비오

계족산 산림욕장

계족산 장동산림욕장을 거닐며
나는 학창시절로 돌아갔다.

꽃피는 4월이면
진달래꽃 따먹고

아지랑이 피어오르면
숲 속에는 안개도 피어올라

내 생각 끝없는 낭만
행복한 오후

인생은 갈대
생각은 구름 둥둥

자연은 어머니 약손
치유의 선생님

백제의 혼

백제의 고도 익산 미륵사지 석탑
아흔 아홉 해 쌓은 석탑이
어느 날 갑자기 무너졌다

석공은 돌을 깎고 정성껏 다듬어
또다시 백년의 세월을 걸려
처음 모습의 석탑을 완성했다

마침내 탑신이 우뚝 섰을 때
하늘은 탑 주위에 서광을 비추고
나는 백제 무왕의 손을 잡았다

자화상

구두 뒷축은 옆으로 쏠리고
어깨는 앞으로 숙인 채 걸어가는
어릿광대의 「맹물」시인

지기知己를 만나면 한 잔
바닥 난 술잔에 비친 그 얼굴
세종시에서 태어난 「연鳶」의 시인

부끄러운 바람아
너의 가슴엔 태극기 안고
조국애를 외치는 「독도의 꿈」시인

우주로 통하는 길목에 선 채
목메어 노래 부르는 너의 가슴은 무덤
하늘도 지쳐 끝나면 꽃잎으로 내 가슴 덮어다오

세월은 강물처럼 흘러가도

세월은 강물처럼 흘러가도
잡을 수가 없더라.
시를 쓰기로 마음 먹은 지
50년이 넘어서도
도달하지 못한 과녁
맹물이 되기는 어려워라.

세월은 강물처럼 흘러가도
쌓아놓을 수가 없어라.
흙벽돌은 부스러져 모래가 되는데
내 슬픔덩어리는 한이 되었어라
초승달이 만월이 되어도
다시 기울어 그믐이 되었네.

두 공양供養

최상의 공덕을 얻은 사람은
수자타와 춘다
수자타는 사문 고타마를 우유죽으로 살렸고
춘다는 수카라 맛다바로 고타마를 죽였다.

무상정등정각無上正等正覺을 성취하려 할 때
쓰러진 고타마를 살려
수자타는 스스로 위대해지고,

대장장이 아들 춘다는
공양을 하여
부처를 열반涅槃에 들게 했다.

"춘다를 꾸짖지 말라"

수자타의 공양으로는
깨달음을 얻어 해탈解脫하시고
춘다의 공양으로는
열반의 문을 연 위대한 삶이여.

세월의 말뚝

또랑 물 가두어서 둠벙이라 부르고,
시냇물 방죽 쌓아 저수지 만들었네
세월도 막으려 하면 막을 수 있으려나

마음이 어린 탓에 하는 일 다 어리다
시간이 또랑 물이 아닌 것도 알련 마는
세월아 놓아줄 테니 네맘 대로 가거라.

진달래 봄에 피고 들국화 갈에 피듯
철철이 철을 찾아 제철마다 제철 꽃
천동설 뒤집어 지고 갈릴레오 죽었네.

낙엽의 마음

힘없이 흔들흔들 떨어지면서도
"세상을 원망하진 않겠어요"

머리 풀어 연기처럼 떨어져도
"뒤돌아보진 않을래요".

꽉 잡았던 가지 하염없이 놓으면서도
"눈물일랑 보이지 않을래요"

하늘만을 우러러보다가 세상 밖으로 떨어져도
"하늘만을 사랑하겠어요"

뭇 별을 세다가 잠들어 떨어져도
"내 운명만은 받아드리겠어요"

속리산 정이품 소나무

속리산 가는 길은 열두 구비
바랑에 쌀 한 말 가사와 양말과 속옷 한 벌
법주사 물어물어 열두 구비 아니 열세 구비
구비 구비 돌아 고개를 넘었다.

법주사 가는 길을 정이품 소나무에게 물었다
가지마다 얽어맨 몇 백 년 늙은이는
목숨만 할딱이는데 하늘은 맑고 드높아라.

법주사 문지기 사천왕은
죄 지은 자를 가려내기라도 하듯
눈 부릅뜨고 위용을 드러냈다.

절 마당 들어서자 스님은 보이지 않고
불목하니만 마당을 쓰는데
허기진 스님은 대웅전 바라보고 합장을 한다.

색불이공 공불이색
색즉시공 공즉시색

\>

부처님 만나는 길은 멀기도 하여라.

정이품 소나무 그대는 홀로 그 길을 가려고

벼슬도 내려놓고 하늘만 보고 있네.

바랑조차 벗어던지고 빈손으로 비바람을 견디는구나.

5부

해맞이

해맞이

제야에 해콩으로 메주를 쑤었다
할머니의 손끝에서 세월이 곰삭아
장 담그는 날은 해가 쉬 넘어갔다
손자 녀석은 책보를 방에 던지고
뒷동산으로 연 날리러 가고
에미는 움집에서 동치미를 꺼냈다
아침상에 오른 떡국이 한 살을 더하고
경자년 새해 해맞이는 복조리에 담았다
애비는 쇠죽 쑤어 소를 거두고
새끼를 낳은 멍멍이도 가족을 반겼다

사랑은 철부지

사랑을 얻으려거든 해변으로 가라
연인과 함께 해변을 걸으면
사랑은 밀물과 썰물
사랑은 먼 바다의 파도소리
사랑은 해와 달의 만남
사랑은 영혼의 혼도
사랑은 바닷물

사랑을 얻으려거든 높은 산으로 가라
연인과 함께 손잡고 산을 오르면
사랑은 땀을 식혀주는 산들바람
사랑은 진달래 꽃밭
사랑은 나무와 새의 만남
사랑은 영혼의 불꽃
사랑은 옹달샘물

동양화

생명을 풀어
학을 그린다.

할아버지 말씀처럼
팔이 떨려 날개를 이루면
배경은 파아란 청잣빛 하늘

붓끝 타 내리는 선혈은
지아비의 넋이 되어 춤추고
노송의 허리에 걸린 달빛이
화폭을 흥건히 적신다.

세월을 불살라 정수리에 붓고
마지막 힘을 모아
학의 동자를 찍는 순간
아! 천공은 나의 것
소리 없이 학이 나른다.

백설 白雪

먹물도 진하게 갈면
하아얀 피가 풀린다.

눈물도 세월에 바래면
하아얀 빨래가 된다.

눈은 밤을 흔들어 깨우다가
아침이면 화안한 은총이 된다.

눈송이는 소나무 위에서 날개를 펴고
생명의 몸짓을 하다가

한 마리 학이 되어
허공으로 날아간다.

어머니

어머니
당신은 눈물 저편에서 늘 사십니다.
정작 슬플 땐 눈물이 없다가
돌아서면 뜨거운 눈물이
두 볼을 타 내립니다.

눈물은 원천을 모른 채
생명으로 흐르다가
체념의 여울목을 돌아선
오지랖을 적십니다.

어머니
당신의 눈물은
차라리 자정 후의 기도였습니다.

생활도 눈물 속에서 건져내어
값진 진주알을 만들었습니다.

어머니
이제 빈 껍질만 남은 당신의 눈은

돌을 갈아 옥을 만드는 정성으로
우리를 가르치셨습니다.

눈물 저편엔 인간이 있고
불꽃보다 진실이 타는 삶이 있고
하늘나라에서 오시는 어머니가 계십니다.

돌과 언어

돌은 말의 사원이다.
영하 1도의 지혜를 다스려
새벽으로 갈앉는 차가운 북소리가
천지를 가득 채운다.

돌은 혼의 성곽이다.
날개 없이도 혼으로 날고
입 없이도 혼으로 말하지만
혼 없이는 들을 수 없고
혼 없는 사람에겐 보이지 않는다.

돌은 혼의 사원이다.
낮엔 성곽 속에 숨었다가
깊은 밤엔 우주를 날아다닌다.
낮은 돌을 기르지만
밤은 돌을 낳는다.

당신의 땅콩 밭에는

　　— 카터 대통령께 드리는 헌시

당신의 땅콩 밭에는
어머니같이 부드러운 흙이 있고
흙덩이 일구어 땅콩을 심는
부드러운 손 안에
땀방울 알알이 맺는 열매가 있습니다.

당신의 땅콩 밭에는
이랑 이랑마다
대지의 그 겸손한 입김 속에
아늑하게 갈앉은 도덕률이 있습니다.

당신의 땅콩 밭에는
방금 지구를 돌아온 촉수가 있고
며칠 만에 우주를 돌아올 힘이 있고
아니, 당신은 부엌살림도 걱정하시는 분

당신의 밭에
인도의 씨앗을 뿌려
고사리 손 같은 싹이 돋아나서

멀리 사하로프에 응답을 주어
금세기의 새벽 문을 열었습니다.

당신의 정원에는
마음 가난한 자들이 모여
힘의 과시가 얼마나 어리석은가를
모닥불 옆에서 조용히 들을 것입니다.

당신의 주름살 깊숙이 담긴
역사의 갈피에서
링컨의 흙 내음을 기리며
당신의 귓가엔
간디 옹의 나직한 물레소리가 들릴 것입니다.

어느 날 황혼 무렵
걸인이 문전을 들렸을 때
당신은 맨발로 손님을 맞으며
가슴에 성경을 얹어주고
발등에 입 맞추었지요.
하나님의 사자, 걸인은

"칼을 쓰는 자는 칼로 망한다."고
나직이 말하고
당신 곁을 떠났지요.

미가의 경구*는
"조용한 힘"의 편에 서서
아침 햇살의 부드러운 미소를 보내 줄 것입니다.

일렁이는 파도의 격랑 속에서
새로운 출범을 지켜보는 곳곳에
초롱초롱한 눈빛이 있습니다.
여기 가난한 마을
당신의 땅콩 밭에는

* 미가의 경구 : "사람아, 주께서 善한 것이 무엇임을 네게 보이셨나니 여호와께서 네게
   구하시는 것이 오직 公義를 행하여 인자를 사랑하며 겸손히 네 하나님과 함께 행하는
   것이 아니냐"(구약 미가 제6장 8절).

하늘 1

나는
말을 찾아 헤매는 나그네
사막을 걷다가 지쳐 쓰러져
하늘을 우러르면
하늘 끝에 나타나는 주름진 얼굴
물을 찾는
나의 발바닥은
지열地熱을 핥고 있다
저 높은 곳에
높은 말을 감춰둔 그는 누구인가?

하늘 2

움직이는 것은 하늘이 아니고 땅이듯이
흔들리는 것은 동양이 아니고 서양이다
흐르는 것은 시간이 아니고 강물이듯이
영원한 것은 삶이 아니고 죽음이다.

효부송

봄은 만물이 소생하는 계절
국사봉 아래 효부 나셨네
치매로 고생하시는
병炳자 하夏자 시부모님
하늘을 우러러 봉양하였음에
그 칭송 순종임금님이
어사또에게 들으시고
1908년 10월 상달에
장수 황씨 윤원에게
효부상을 내리셨으니
아 거창 신愼씨 가문에 경사났네
달은 천강을 비추고
해는 만물을 기르듯
눈물 없이 어찌 거행하리오.
가정의 행복은 나라의 꽃
　　　2019년 5월 5일
　　　시인 문학박사 용협 지음
　　　봉헌자 증손 용관 세움

코로나 19

가까이 오지 마셔요
당신이 무서워요

신천지에 코로나 19 창궐
이것이 생지옥이지 뭐예요

내일 모레가 동생네 결혼식
가야 할까요. 말아야 할까요

성경엔
네 이웃을 네 몸같이 사랑하라 했거늘

의심하지 마셔요
당신의 남편을

어둠의 세상
창세기처럼 신천지에 빛을,

나의 시쓰기

― 나의 문학적 자서전을 겸하여

신　협 시인

나의 시쓰기
― 나의 문학적 자서전을 겸하여

신 협 시인

1. 나의 어린 시절

나는 1938년 충남 연기군 전동면 석곡리 115번지에서 아버지 신기범, 어머니 구자인의 7남매 중 둘째 아들로 태어났다. 6살까지는 분가를 하지 않아 큰집에서 대가족으로 살았다. 할아버지는 훈장이요 큰아버지는 소지주로 말을 타고 감농을 하였고 아버지는 서울로 유학을 와서 배재고등보통학교(현재 배재고등학교)를 졸업하고 광화문 우체국에 근무하시다가 광화문 네거리에 있는 무슨 인쇄소로 전직했다가 6·25전란 와중에 빈 몸으로 걸어서 귀향한 후 다시는 상경하지 않고 농사를 지으며 가사를 보살폈다. 나는 해방 때 초등학교 일학년이었고 6·25 때는 6학년으로 전란을 시골에서 겪었다. 농사를 지어보지 않던 아버지께서 머슴을 두고 농사를 지니 식구 수는 점점 늘어 7남매 아홉 가족이니 가난할 수밖에 없었다. 형과 누님이 고등학교와 여중을 다니고 나까지 조치원 중학교를 다니니 학비가 문제여서 누님과 나는 중학교를 마치면서 학교를 중단했다.

"애야, 누나는 여자니까. 할 수 없지만 너는 남자니까 고등학교는 다녀야지. 그런데 형편상 너는 형이 2년 후 졸업하거든 그때 고등학교를 다녀라."

어머님의 간곡한 만류에 "예"하고 일터로 나가 아버지를 도왔다. 일이 손에 잡히지 않았다. 마침 중 3 때 읽은 책이 생각났다. 『성공으로 가는 길』, 이 책은 링컨, 록펠러, 벤자민 플랭클린, 카네기 등등의 위인전이다. 그들의 어린시절은 모두 가난했다는 것과 점원 노릇을 하면서도 공부를 열심히 해서 성공했다는 전기였다. 나도 점원이 되겠다고 다짐하면서 서울의 큰아버지 댁에서 일하는 초등학교 동창생 친구에게 편지를 썼다. 자리를 마련했으니 상경하라는 편지가 왔다. 나는 비밀리에 상경할 날을 기다렸다. 6월 어느날 때마침 모를 심는 날 논에서 일을 하다가 아무 말 없이 역으로 나가 열차에 몸을 실었다. 요즈음 말로 가출을 한 것이다. 고학의 길로 나선 것이다. 우선 부모님께 편지를 올렸다. 그러나 청계천 3가의 대한약품공사에서 하는 점원생활은 쉽지 않았다. 아세톤이니 알코올이니 벤젠 같은 화공약품의 배달은 자전거를 잘 타야 하므로 어리고 약한 체력에는 약간 힘든 일이었다. 자전거와 함께 길에서 쓰러졌을 때는 난감했다. 그보다도 나는 남에게 수금하는 것이 어려웠다. 수금하러 가서는 벙어리가 되었다.

"야, 너 수금하러 온 거지? 그러면 수금하러 왔다고 말을 해야지. 그래 너의 사장님에게 다음 달에 드린다고 말씀드려라. 이 숭맥아" 나는 영락없이 숭맥이 되었다. 나는 링컨도 록펠러도. 케네기도 될 수 없는 촌놈이었다.

종로학원 야간반 공부도 포기하고 일년 만에 이듬해 귀향하고 말았다. 비록 서울 고학의 꿈은 접었지만 집으로 와서는 동네 또래 친구 따라 땔나무 장사도 해보았다 새벽 네 시에 짐을 지고 전동 역전에서 팔았다.

"너 누구냐? 너의 아버지가 누구냐?", "?", "너, 문천 군수집 손자 아니냐?" 나는 들키고 말았다. 면내에서는 둘째라면 서운할 부잣집 손자가 웬 나무장사냐는 것이었다. 나는 몸을 아끼지 않고 일했다. 6·25 직후 중학교를 다닐 때도 조치원까지 이십여 리를 3년간 걸어 나녔다. 공장이 생겼을 때는 공장에 다녔다. 일년 간 공장을 다녔는데 형이 졸업한 뒤에는 내 차례였다

2. 문학에 뜻을 둔 고등학교 시절

대전고등학교를 입학한 이후 3년간 통학을 했다. 집에서 학교까지는 한 시간 반 걸린다. 일학년 때는 책대여 서점에서 빌려 책을 읽었다. 일년간 읽은 책이 『사상계』를 포합해서 오십 여 권 쯤 될 것 같다. 책은 톨스토이의 『부활』 도스토예프스키 『죄와 벌』 솔제니친의 『이반 데니소비치의 하루』 셰익스피어의 「로미오와 쥴리엣」, 「햄릿」, 「베니스의 상인」 베케트의 『고도를 기다리며』 괴테의 『젊은 베르테르의 슬픔』, 『파우스트』, 카프카의 『변신』 헤르만 헷세의 『싯다르타』 빅톨 위고의 『레미제라블』 카뮈의 「전락」, 「이방인」, 「시지프의 신화」 사르트르의 『단편집』 사강의 『슬픔이여 안녕』 헤밍웨이의 『노인과 바다』 존 스타인벡의 『생쥐와 인간』 보키치오의 『데카메론』 가와바타 야스나리의 「

설국』오오에 겐자브로의『개인적 체험』타고르의 시선집『神에의 송가』(기탄잘리) 펄벅의『대지』이광수의『흙』김내성의『애인』김동인의「감자」이효석의「메밀꽃 필 무렵」정비석의『자유부인』, 플라톤의『소크라테스의 변명』성경의 일부『반야심경』, 『논어』,『맹자 』, 노자의『도덕경』장자의『장자』니체의『운명의 별이 빛날 때』(짜라투스트라는 이렇게 말했다) 룻소의『인간불평등 기원론』,『참회록』,『에밀』김구의『백범일지』간디의『자서전』등을 읽은 기억이 난다.

고등학교에서는 1학년 때 읽은 소설 중에서 톨스토이의『부활』에 크게 영향을 받았다. 1957년도 노벨문학상 수상자 카뮈의『전락』을 읽고 나는 소설을 쓰고 싶었다. 그해 18살의 소녀 프랑소아스 사강의 소설『슬픔이여 안녕』이 베스트 셀러로 세계를 휩쓸 때 나는 공명심에 들떴다. 그래서 고등학교 2학년에 올라가자마자 소설을 쓰기로 마음을 굳혔다. 바로 소설 구상에 몰두했다. 소설의 제목은『타락자』요, 장소는 온갖 종교의 집산지인 계룡산의 신도안에 위치한 어느 성당, 그리고 주인공은 테레사 수녀와 신부. 그 소설의 주제는 니체가 말한 '신은 죽었다'이다. 이제 플롯과 놀라운 상상력과 사실주의적인 묘사로 형상화만 잘하면 소설은 완성, 어쩌면 사강처럼 히트를 칠 수도 있으렸다. 꿈은 대단했다. 도스또예프스키의『죄와 벌』에 나오는 라스코리니코프처럼 살인을 저지르는 플롯이 좋을까, 아니면 괴테의『파우스트』에서 힌트를 얻을까. 또는 입센의『인형의 집』에서 힌트를 얻을까, 셰익스피어의『로미오와 쥴리엣』에서 모방할까, 아니지. 모방은 금물, 어디까지나 독창적이어야 해. 나는 거의 흥분 상태에서 소설을 구상하면서 정신적 방황을 시작했다. 집에서 학교까지의 기차통학 거리는 한 시간 반, 기차만 타면 자리에 앉자마자 까만 안경을 걸치고(안경은 아무 것도 보이지 않게 안경 유리를 제거하고 검은 종이를 붙였음) 깊은 고뇌를 하는 사람처럼 전동에서 대전까지 꼿꼿이 앉아 구상(플롯)을 하다가 대전역에 도착했을 때 안경을 벗으면 나의 희한한 모습을 구경하던 초등학생들이 까르르 웃으며 달아난다. 밖은 잠에서 깬 사람처럼 너무도 밝아 두리번 댄다.

기차에서 내리면 학교까지 걷는다. 걷는 시간에 나는 시간을 아껴 무엇을 할까. 30분 정도의 걷는 시간을 아껴 사색을 하자. 나는 『논어』를 읽고는 충격을 받았다. 나는 『논어』에 있는 말과 같은 말을 만들어 보았다. 말이란 아무리 좋은 말이라 하더라도 실천하지 못하면 가치가 없다. 그러므로 훌륭한 말을 하는 사람은 훌륭한 실천가요 동시에 훌륭한 사람이 된다고 생각했다. 그러다보면 저절로 훌륭한 사람이 될 수밖에 없지 않은가. 고교 때 만든 많은 말 중 지금도 간직하는 말이 있다. "자기를 사랑할 수 있는 사람만이 남을 사랑할 수 있고, 남을 사랑할 수 있는 사람만이 우주를 사랑할 수 있다." 그리고 소크라테스는 진리, 예수는 박애, 석가는 자비, 공자는 인仁으로 등불을 삼아 살았다는데 나는 무엇을 등불을 삼아 살아가야 하나 하고 나에게 묻고 그 해답을 찾아 헤매기를 1년, 마침내 성誠자를 찾았다. 뿐만 아니라 내 인생관을 "인간이란 그 무엇誠에 속아사는 동물이다"라고 정의했다. 생각하다 부족하면 책을 읽고 책을 읽다 부족하면 생각하기를 1년. 나는 학교에서 집에 돌아온 뒤 저녁식사 후 밤 9시에는 작대기를 짚고 국사봉을 올랐다. 밤중에 혼자 산을 오르는 것은 여간 무서운 일이 아니다. 무섬을 많이 타기 때문이다. 정말 나는 목숨을 내놓고 하는 일이었다. 왜 나는 그런 행동을 했는가. 헤르만 헤세의 『싯다르타』를 읽었기 때문이다.

나는 성자誠字를 찾은 뒤 그 실천 항목을 생각했다. "자아自我 양심에 대한 성誠/ 타아他我 양심에 대한 성誠/ 우주宇宙 양심에 대한 성誠"이 인간이 지켜야 할 삼성三誠이라고 정했다. 그리고 誠字의 뜻은 정성성의 뜻도 있지만 내가 만든 뜻은 '답다'라는 뜻이다. 꽃은 꽃다울 때 아름다운 것처럼 사람도 사람다울 때 아름답기 때문이다. 그리고 '자아', '타아', '우주'는 무슨 뜻으로 썼는가. '자아'는 나를 가리킨다면 '타아'는 나를 제외한 모든 사람뿐만 아니라 존재하는 만물을 모두 지칭하는 것이요, '우주'는 진리를 의미하는 말로 썼다. 그런데 나에게 誠하면 남에게 誠하지 못하는 이율배반이 생긴다. 그래서 '自我', '他我', '宇宙' 三者가 하나의 동심원에 꿰어 조화롭게 조절되어야 한다고 생각했다. 이것이 나의 중관론中貫論이다. 불교는 중도中道를 주장한 종교요 유교는 중용中庸을 주장한 종교라면 나의 종교로 중관을 생각해 냈다. 어떻게 다른가? 중도(부처/ 용수)는 욕망(쾌락과 금욕)의 처리방식이라면 중용(공자/ 자사)은 감정(喜,怒,哀,樂)의 처리방식인데 비하여 내가 고등학교 다니면서 얻은 중관은 행동(자아/ 타아/ 우주)의 처리방식이다. 나의 가치관이 확립되자 나는 「人間價値와 生活理念」이라는 글(논설문)을 써서 고3 담임선생님께 드렸더니 마침 담임(김영덕)선생님은 국어선생님이셔서 '이 글 네가 썼냐'물으셔서 '네'하고 대답하자 교지에 실었다.

내가 쓴 글이 활자화된 최초의 글이다. 나는 시조를 좋아해서 시조는 지어보았지만 시는 써 본 일이 없다.

내가 고2 때 쓰던 장편소설 『墮落者』는 미완성인 채 고3으로 올라가서는 중단하고 말았다. 내 역량으로는 주제가 너무 무거웠던 탓도 있고 장편이어서 끝낼 수가 없어 포기했다. 대학을 다니면서도 장학금을 계속 타기 위해서는 소설을 쓸 여유를 얻지 못해 완성하지 못하고 말았다. 졸업 후 한참 있다가 보니 이문열의 『사람의 아들』이 나와 주제가 흡사한 것을 알았다. 내가 세운 주인공 윤 네레사는 니체의 철학으로 보면 죄인이 아니오. 오히려 신과의 내기에서 이긴 인간의 승리자이지만 하나님의 편에서 보면 타락자이기에 제목을 『타락자』로 한 것이었다.

3. 나의 시쓰기

내가 서울대 문리과대학 국어국문학과에서 현대문학을 전공하면서 습작한 이래 처음으로 시를 쓰기 시작한 때는 1967년 무렵일 것이다. 진명여고에 근무하면서 시조시인 이우종 선생님이 함께 계셔서 시조부터 쓰기 시작했다. 그런데 1969년 7월 21일 지구촌에는 역사적인 큰 경사가 있었다. 아폴로 11호가 우주인 암스트롱, 올드린, 콜린즈 세 사람을 태우고 달나라에 다녀오는 경사로 지구역사의 새 장을 여는 일이 벌어졌다. 얼마나 가슴 설레는 일이랴. 7월 21일 역사적 장면을 놓치지 않기 위해 저녁 무렵 텔레비전 앞에 앉았다. 그때는 텔레비전이 우리 집에는 없어서 할 수 없이 다방을 찾아갔다. 텔러비전 앞에 많은 사람들이 손에 땀을 쥐고 보다가 우주인 세 사람이 우주선을 내려 달 표면의 모래 위를 걷자 박수가 쏟아졌다. 집에 돌아와 책상 위에 놓인 원고지에 쓴 시는 내가 최초로 쓴 시다. 첫 작품 「달나라 여행」(제1시집 『변명』 수록 1974)은 이렇게 해서 얻어졌다.

벗이여/ 여기는 우주로 가는 중간 지점/ 시간은 낮 열두 시에서 멈추었고/ 몸무게가 스르르 빠져나가면서/ 우리는 지구에서 싣고 온 말씀을 잃어버렸습니다.// 벗이여/ 잠시 바쁜 일손을 멈추고/ 기도를 드립시다.// 벗이여/ 슬픔을 거두소서./ 창 밖에는 황홀한 지구가 보입니다.// 벗이여/ 싸움을 그치고 우주 저쪽에서 들려오는 소리에/ 귀를 기울입시다.// 벗이여/ 여기는 등대도 빛도 무게도 없어/ 빈 손엔 다만 빈 손이 닿을 뿐.// 벗이여/ 돌아오는 길목에서 나는/ 어둠 한 상자를 가지고 와선/ 대지에 씨앗을 뿌릴 것입니다.

— 「달나라 여행」(1969년 7월 21일 지음)

시 「달나라 여행」은 즉흥시인 셈이다. 그대로 시작노트에 적어 두었다가 이렇게 써서 모아진 작품은 별 수정 없이 1974년에 정한모 교수님의 서문을 받아 출판했다. 나의 첫 시집 『변명辨明』은 이렇게 해서 나왔다. 여기 은사이신 정한모 교수님의 서문을 옮겨 적는다.

序

詩에 따르지 못하는 사람이 있는가 하면 사람됨에 따르지 못하는 어설픈 詩만을 쓰고 있는 사람도 있다. 文即人이란 等式이 作品에까지 적용되는 것은 아닌가 보다.

헌데 우리 愼協君의 詩는 詩와 그 사람됨이 어느 쪽에도 기울지 않고 詩即人의 참모습을 나타내 주고 있다.

첫째 그의 誠實한 人品이 詩에서도 잘 나타나 있다. 詩를 대하는 태도가 이만저만 진실한 게 아니다. 傲慢하지 않고 謙虛하며, 假飾 없이 質朴하다. 그러면서도 人生이나 現實, 사물과 마주 섰는 姿勢가 眞率하다. 그 姿勢가 흐트러지지 않고 輕薄하지 않으며, 참대처럼 굵지는 아니하되 꺾이지 않는 빳빳한 힘의 줄기를 지니고 있는 것이다.

따라서 그의 詩는 表現의 妙味보다는 意味 內容에 깊이 뿌리를 내리고자 所望한다. 都市的 事實的 風景보다는 東洋的 內面 風景을 펼쳐내고자 원한다. 이러한 그의 소망과 指向이 一, 二, 三部로 나누어져 엮어진 것이다.

愼協君은 大學 在學時節부터 詩를 써 왔다. 몇몇 學友들과 作品을 묶어낸 일도 있었다. 近 十年 동안의 教職生活을 해 오면서 詩를 계속 研磨해 온 君이 近者에는 「噴水」동인의 한 사람으로 꾸준히 作品活動을 하고 있을 뿐 아니라 그 年條와 더불어 詩도 더욱 알차게 익어가고 있음을 든든하게 여겨 오고 있다.

그동안의 作品들 가운데서 추려내어 첫 詩集을 묶어 내고자 내게 原稿를 다 가져와 상의하기에 그 謙遜에 채찍질하면서 여기 몇 마디 기쁜 所懷를 적는다.

밖으로 나서기를 원하지 않으면서 안으로 가장 眞實하게 詩와 더불어 살아가고 있는 慎協 詩人의 늦은 出帆을 慶賀하며 앞으로의 精進을 크게 期待해 마지 않는다.

甲寅 菊秋　鄭漢模

나의 첫 시집이 출판된 뒤 십년쯤 지나서 「달나라 여행」을 다음과 같이 고쳤다. '벗이여'가 연 마다 들어가는 것을 세 연 만 남기고 모두 뺐다.

> 여기는 우주로 가는 중간 지점/ 시간은 낮 열두시에서 멈추었고/ 몸무게가 스르르 빠져 나가면서/ 우리는 지구에서 싣고 온 말씀을 잃어버렸습니다.// 벗이여./ 잠시 바쁜 일손을 멈추고/ 기도를 드립시다.// 벗이여/ 슬픔을 거두소서./ 창 밖에는 황홀한 지구가 보입니다.// 벗이여/ 싸움을 그치고/ 우주 저편에서 들려오는 소리에 귀를 기울입시다./ 여기는 등대도 빛도 무게도 없어/ 빈손엔 다만 빈손이 닿을 뿐// 돌아오는 길목에서 나는/ 빈손에 어둠 한 상자만을 가지고 와선/ 대지에 씨앗을 뿌리겠습니다./ 대지에 씨앗을 뿌릴 것입니다.
>
> ─「달나라 여행」 전문

이 시에서 2연은 암스트롱이 한 말처럼 쓴 것이고 3연은 올드린, 4연은 콜린즈의 말처럼 상상해 쓴 것이다. 그들은 지구에 남겨 둔 벗인 전 인류에게 무슨 말을 하였을까? 하고 나대로 상상해 본 것이다. 말씀을 몽땅 잃어버린 빈손에 나는 어둠을 한 상자 가지고 와서 대지에 어둠의 씨앗을 뿌리겠다고 한 것은 슬프지만 과학의 발달에 대해 회의를 품고 지구의 역사를 다시 쓰자는 사상을 표현한 것이다. 그때 나의 예언은 지구를 떠나라는 호킹 박사의 죽기 전 예언과 같은 맥락이다. 나는 달나라 여행과 같은 과학의 발달이 행여 전쟁의 과학화로 치닫는다면(원자탄, 수소탄의 제3차 세계대전이 벌어진다면) 지구 환경은 어떻게 될까? 하고 공상하면서 미美·소蘇의 냉전을 비판한 것(4연)이다. 보들레르는 시인을 해석자로, 랭보는 시인을 견자見者, 예언자預言者로, 말라르메는 詩를 수수께끼로 보지 않았던가. 시인은 예언자요, 또한 동시에 비판자이다.

시를 크게 분류해서 나는 '문제시', '유행시', '좋은시', '위대한시'로 구분해 보고 싶다. 문제시인은 보들레르(상징주의)요 문제 시집은 『악의꽃』(1857)이라면 문제시는 「照應」이다. 그리고 유행시인은 밥 딜런이라면, 유행시집은 『밥 딜런』(1962)(첫 앨범), 그리고 유행시는 「바람만이 아는 대답」(1962)이라고 할까? 세계에서 좋은 시를 예로 든다면 베르렌느의 「가을의 노래」, 위대한 시는 릴케의 『두이노의 비가』와 「가을날」, 엘리어트의 『황무지』, 호머, 단테, 괴테, 셰익스피어의 시같은 작품이 아닐까?

한국시사에서 예를 든다면 문제시는 육당 최남선의 「海에게서 少年에게」(최초의 근대시)와 이상의 「오감도」(난해시)요, 유행시는 박용철의 「떠나가는 배」요(한 때 유행하다 사라졌으므로), 좋은 시는 김소월의 「산유화」, 유치환의 「깃발」, 노천명의 「사슴」 그리고 윤동주의 「서시」 등이다. 「산유화」와 「서시」에는 詩精神 poesie이 풍부해서 좋은 시라고 하는 것이요 「깃발」과 「사슴」은 문학의 삼대 요소인 개성, 보편성, 영원성이 내포된 시이기 때문에 좋은 시라고 드는 것이다. 나의 첫 시집에 있는 시 가운데에서 애착이 가는 작품 「연鳶」을 옮겨 보겠다.

소년은 하늘을 향해/ 연줄을 풀고 있었다.// 바람을 조심스레 타면서/ 연은 차츰 높이 올라/ 세상을 너그럽게 내려다보았다.// 연은 체중을 가늠하면서/ 목숨을 한 가닥 실 끝에 매달았다.// 순간, 연은 한 바퀴 빙 돌다가/ 현기를 쫓듯/ 처절하게 몸을 흔들었다// 실이 끝나는 지점에서/ 우주는 빈손을 흔들어 보이고,// 실이 끊어지면서/ 연은,/ 뿌리 깊은 소리 쪽으로 사라졌다.

— 「연鳶」 전문

졸작 「연鳶」은 첫 시집의 작품들 가운데에서 내가 가장 아끼는 작품이다. 1970년에 쓴 이 시는 나의 일생을 표현한 시다. 1연은 출생, 2연은 성장, 3연은 출가, 4연은 득도, 5연은 해탈, 6연은 열반을 형상화했다. 내 나이 서른이 조금 지났을 때 쓴 시이므로 득도 해탈 열반은 미래의 숙제요, 지금도 갈 길이 요원하지만 '시詩는 도道다'라는 나의 좌우명을 찾아가는 중이다. 연이(내가) 마침내 〈빈손=공空〉을 깨달았을 때 나는 도道에 이를 것이고 공자님의 말씀처럼 도의 경지에 이르면 죽어도 좋을 것(조문도, 석사가의朝聞道 夕死可矣)이다. 내가 이 시를 아끼는 이유는 연이 곧 나이기 때문이다. 이것이 개성이요, 보편성과 영원성을 표현했다고 보기 때문이다. 개성, 보편성, 영원성은 삼각형의 꼭지점으로 이해할 수 있다.

4. '噴水同人' 시절 이야기

  내가 속으로 혼자서 시를 쓰고 있을 때 이생진 시인이 '噴水同人'을 만들어 함께 하자고 제안하므로 즉시 찬성하고 윤강로, 신용대, 이봉신 등 다섯 사람이 시작하여(김준회 시인은 11집/1984년부터 참가함) 1971년 분수동인지 『噴水』 제1집을 냈다. 해마다 계속해서 제17집(1993)까지 냈다. 나는 첫 시집 『辨明』을 1974년에 낸 뒤 정한모 교수님의 배려와 소개로 1977년 8월에 박목월 시인의 추천을 받았다. 『심상』 1977년 8월호에 발표된 추천작 「나의 집」, 「단풍나무」, 「밤」의 세 편으로 추천 완료되었다. 분수동인지 제5집(1973)에 발표한 시 「辨明」(제1시집)과, 『다섯 사람의 분수』(1975)에 발표한 시 「맹물」(원 제목은 「물의 思想 2」)(제3시집 1985)과 1977도의 『噴水』 제7집에 발표한 시 「낙엽으로 돌아와서」(제2시집 1979) 그리고 「단순한 강물」(제6시집 2002)과 「독도의 꿈」(제7, 8시집 2013)을 여기 적어보겠다.

  때때로 몸이 무거워/ 도마뱀이 제 꼬리를 잘라내듯/ 나도 내 몸 자르고/ 이름 두 자로 산다.// 다섯 잠 후 고치를 틀면/ 여섯 줄로 끝나는 누에의 生理/ 옷 벗으면 우리는 단 두 줄/ 몸 가릴 고치를 지을 뿐// 갑자기 하늘이 커 보이면/ 나는 시간 뒤에 서서/ 별들을 헤아린다./ 내 이름자 묻을 하늘 밑에서
  ─ 「辨明」 전문

물은 달지 않아 좋다

물은 맵거나 시지 않아 좋다

물가에 한 백년 살면

나도 맹물이 될 수 있을까

— 「맹물」 전문

그리운 대지의 젖줄/ 윤기 반짝이는 잎에/ 쏟아 붓던 햇살을
꿈꾼다// 임의 입김은/ 바람의 은밀한 속삭임/ 오늘의 무게로/
저 하늘의 순수를 바라 본다// 이제는 나무를 위하여 / 조용히 기
도를 하자/ 때가 오면/ 꽉 잡았던 가지 끝을/ 놓을 줄을 안다.//
은혜 깊은 뿌리 곁에 누워/ 제 몸을 묻고/ 낙엽은 꿀잠을 잔다.

— 「낙엽으로 돌아와서」 전문

예순쯤 살아온 강물은/ 조용 조용히 흐른다/ 가슴으로 뜨겁지
도 않고/ 입술 파랗게 질리지도 않는다.// 오직 하나밖에 모르
는 강물/ 낮은 곳을 향해 흘러갈 뿐/ 단순한 기쁨 얼굴에 넘치
고/ 강물은 밤낮을 잊어버리고 산다.// 거슬러 올라갈 생각 없
이/ 아래로 아래로 오직 한 길/ 바다를 경건히 바라보며/ 단순
한 강물은 그냥 넉넉하다// 물새 날아와 외롭지 않고/ 물고기 함
께 살아 외롭지 않다./ 바다의 마음 그리워하는/ 단순한 강물 도
도하게 살아간다.

— 「단순한 강물」 전문

국토의 막내 독도여/ 너의 가슴에 오래도록 고이 간직한/ 선혈

로 물든 태극기 높이 치켜 올려라/ 이끼 낀 바위에 새겨진 韓國
領/ 독도는 의연하여라./ 한반도의 동쪽 끝/ 지금은 천연기념물
336호/ 어민들에겐 일본이 넘볼 때마다 힘이 더 솟았다.// 동도
와 서도 의좋은 형제 / 형제섬 독도여!/ 신라시대엔 우산국으로
불리었고/ 조선시대 숙종 땐/ 안용복安龍福이 일본 어선을 쫓아
냈고/ 종전 후엔 한국 영토로 국제 공인 받은 섬/ 너는 어머니 젖
을 물고 자랐고/ 파도가 높을 때마다 에미는 잠을 설쳤단다./ 동
해의 거센 파도에도/ 울지 않고 꿋꿋이 자라왔다.// (세 연聯 생
략)// 독도의 꿈은 찬란하다/ 조선은 아침의 나라/ 영원한 코리
아여!/ 독도는 한국에서 가장 일찍 해 뜨는 곳/ 너는 아침의 전령
사/ 아침의 나라 조선은 너로 하여/ 이른 새벽 잠 깨어나/ 아시
아의 등촉이 되었다./ 장하도다 독도여!/ 너의 꿈은 영원하리라.

　　― 「독도의 꿈」 부분

5. 나의 시론(中道의 詩論)

　불교의 철학을 배경으로 하는 보르헤스의 문학은 제법무아諸
法無我 즉 '나는 없다'고 하여 나의 것을 인정하지 않는다. 내가
가진 것은 역사 속에서 보면 모두 남의 것이다. 상호 텍스트성과
패러디parody의 이론이 여기서 나왔다.

　과거 19세기의 비평은 역사주의 비평인데 비하여 20세기의
비평은 형식주의 비평이다. 전자는 시대와 작가를 비평에서 우
선적으로 연구하는데 후자는 이를 제외하고 오직 작품만을 분석
하고 비평한다. 이 두 가지 비평방법은 서로 장단점이 있다. 그

래서 나는 양자의 중도를 택한다. 이를 나는 중도의 비평이라 하고 시론 역시 중도의 시론이라고 명명하고 맹물시론이라고도 명명한 것이다.

사실 나의 시론도 독창적일 수는 없다. 일찍이 다른 사람의 시론에 의존하여 내가 내 것처럼 사용하려는 시론이라고 솔직히 고백한다.

나는 나의 세 번째 시집에서 「맹물시론」이란 말을 썼다. 시의 난해성을 배격하면서 시의 문학성을 강조하는 시론으로 맹물시론이란 '쉽고도 어려운 시' 즉 표현은 쉬우나 도달하기는 어려운 시를 좋은 시로 규정하는 것이다

나의 시 「맹물」을 읽고 그 말의 뜻을 모르는 사람은 없을 것이다. 그러나 맹물이 좋다면 내가 맹물이 되기 위해서는 물가에 한 백년 살아도 될지 말지다. 그만큼 어렵다고 할 때 이는 말은 쉬워도 도달하기는 어려운 것 즉, 詩를 道로 보는 시론이다.

좋은 시가 가지는 문학성은 詩精神(포에지)에 있다. 시정신을 극대화하기 위해서는 앨런 데이트의 시론인 "좋은 시라는 것은 內包와 外延의 最遠의 극단에서 모든 의미를 통일한 것이다"라는 말에도 귀를 기울여야 할 것이다.

박용철과 김기림은 정반대의 시론을 가지고 있다. 박용철은 릴케의 體驗과 하우스만의 '조개 속의 眞珠'와 같은 '진통'을 거쳐야 좋은 시가 된다고 보는데 김기림은 '시는 만들어지는 것'으로 보고 있다. 언어유희가 좋은 시라는 이론이다. 나는 박용철의 시론에 공감한다. 진주는 조개의 배설물로 진통을 겪어야 비로소 좋은 시(=진주)가 탄생한다. 시는 시인의 혼魂으로 쓰는 것이

다. 생명이 없는 시는 가화假花와 같다. 생화生花라야 진짜 시다. 시정신은 살아있는 정신이요, 비판정신이다. 체험의 소산이며 역사의식이 있어야 한다. 니체는『짜라투스트라는 이렇게 말했다』에서 "피로서 쓰라"고 했다. 피로 쓴 글만 읽겠다는 말이다.

내가 고려대 대학원에서 쓴 학위논문이「現代 韓國詩의 詩精神 硏究」(고려대 대학원 1989)인데 여기에서는 시정신의 항목만 열거하겠다. 첫째로 시정신은 시의 내용이 아니라는 점이다. 둘째로 시정신은 시의 주제가 아니다. 셋째로 시정신은 시의 사상이 아니다. 넷째로 시정신은 살아있는 정신이요, 깨어있는 의식이다. 다섯째로 시정신은 진실성 위에서만 나타날 수 있는 미적 감동상태인 것이다. 여섯째로 시정신은 불멸하는 시인의 혼이다. 일곱째로 시정신은 체험에서 얻어진 현실의식이나 역사의식을 바탕으로 한다고 할 수 있다. 여덟째로 시정신은 생명 있는 정신이다. 시정신이 풍부해야 감동을 준다. 나의 박사논문 이후에 정리해본 詩精神을 구체적으로는 다음과 같다.

① 선비의식의 시정신(김소월의 산유화/ 윤동주의 서시// 조정권의 독락당)

② 저항의식의 시정신(한용운의 당신을 보았습니다/ 심훈의 그날이 오면/)

③ 역사의식의 시정신(변영로의 논개/ 이상화의 빼앗긴 들에도 봄은 오는가/ 이육사의 절정/ 신동엽의 껍데기는 가라)

④ 사랑의 시정신(김소월의 진달래꽃/ 모윤숙의 국군은 죽어서 말한다)

⑤ 생명의식의 시정신(유치환의 생명의 서/ 서정주의 자화상)

⑥ 신앙심의 시정신(김현승의 절대신앙/ 황현의 절명시/ 한용운의 나룻배와 행인/ 김상용의 남으로 창을 내겠소/ 신석정의 그 먼 나라를 아르십니까?)

⑦ 현실비판의 시정신(조지훈의 봉황수/ 오규원의 이 시대의 순수시)

⑧ 우주적 상상력의 시정신(한용운의 알 수 없어요/ 윤동주의 별 헤는 밤)

⑨ 휴머니즘의 시정신(정한모의 가을에/ 박재삼의 울음이 타는 가을 강)

⑩ 문명비판의 시정신(김광섭의 성북동 비둘기/ 김기림의 기상도)

⑪ 생태환경의 시정신(이형기의 전천후 산성비)

⑫ 치열한 영혼의 시정신(김소월의 산유화/ 이호우의 개화/ 노천명의 사슴)

⑬ 淸淨心의 시정신(김영랑의 동백닢에 빗나는 마음/ 김동명의 내 마음은)

⑭ 죽음 또는 생사초월의 시정신(이상화의 나의 침실로/ 이형기의 낙화)

⑮ 깨달음의 시정신(서정주의 국화 옆에서/ 박목월의 이별가)

⑯ 참회, 자아비판의 시정신(윤동주의 참회록/ 서정주의 自畵像)

⑰ 언어조탁의 장인정신(김영랑의 사행소곡/ 정지용의 호수/ 박목월의 나그네)

⑱ 민중심리와 시대정신(박인환의 목마와 숙녀/ 백석의 나와
나타샤와 흰 당나귀/ 조병화의 의자)

⑲ 실험의식의 예술혼(이상의 오감도 시제1호/ 김동환의 국
경의 밤)

⑳ 하늘에 이른 시정신(주요한의 불놀이/ 김소월의 산유화/
한용운의 님의 침묵// 서정주의 국화 옆에서/ 김영랑의 모
란이 피기까지는/ 유치환의 깃발/ 박두진의 해/ 조지훈의
승무/ 김춘수의 꽃/ 김광균의 설야/ 박목월의 나그네/ 윤
동주의 서시)

위에서 내가 하늘에 이른 시정신이라고 명명한 이유는 한국의
고전시론 중에서 詩를 「天來之言」이라고 하기 때문이요, 온 국
민이 애송하는 시는 하늘에 이른 시정신이 있기 때문이다.

시정신이 풍부한 시란 정신만을 의미하지는 않는다. 엘리어
트의 말처럼 사상이 장미의 향기로 형상화되었을 때 비로소 시
정신으로 살아나는 것이므로 이를 문학성이라 말할 수 있을 것
이다. 결론은 좋은 시는 시정신에 달려있다. 니체는 『짜라투스
트라는 이렇게 말했다』(『운명의 별이 빛날 때』최인제 역, 1962)
에서 다음과 같이 말했다 "모든 씌어진 것 중에서 나는 다만 피
로써 씌어딘 것만을 사랑하노라. 피로써 쓰라"이 무시무시한 경
고를 들으면서 글을 쓴다는 자세를 가다듬는 데서 글쓰기를 시
작하려 한다

6. 마무리

　나는 지금까지 시 쓰기에 관해서만 썼으나《조운수필》동인시
대의 이야기는 쓰지 못했다. 시 쓰기에 대한 글을 쓰기 때문이
다. 수필창작활동은 1979년부터 2009년까지 계속되고 있었으
며 수필집은『맹물철학산책』이 있다.

지성과 감성, 그 재현의 시적 미학

이덕주 시인 · 문학평론가

지성과 감성, 그 재현의 시적 미학

이덕주 시인 · 문학평론가

1. 신협의 시적 비의

신협은 시대가 안고 있는 상호간의 관계를 주시하며 정신적 고양의 세계를 전해주기 위해 숨겨진 언어를 호명하는 시인이다. 그는 우리가 미처 말하지 못한 정신적 근원인 밀도 짙은 원형의 세계를 자신만의 언어로 펼쳐내려 한다. 그곳은 그의 구체화된 경험적 고백이 넘쳐나고 과거의 체험을 생생하게 재현해내는 시적 공간이다.

신협은 그곳에서 새로운 시적 의미를 생성시키며 자신만이 추구하는 아주 특별한 정신적 세계를 보편성으로 연결하고 진열하려 한다. 회고와 회상에 접어들기보다 근원을 형상화한 체험적 고백으로 시적 현장에 독자인 우리를 닿게 하며 우리에게 우리 자신을 본원의 위치에서 되돌아보게 한다. 진중하고 곡진한 그의 언어, 쉬운 언어이고 분명 흔적과 현상과 관계를 말하고 있는데 기묘하게 우리들에게 '지금 여기'에 있는 자신들을 살펴보게 한다.

또한 그의 시를 읽고 있으면 그토록 많은 말을 들은 것 같은데 이상하게 또 경청할 말이 아직도 남아 있는 것 같은 느낌을 받는다. 시를 다 쓰고 난 후 아직도 못 다한 말이 그에게 샘솟고 있는 시에 대한 열정일 것이다. 끝없이 솟아오르는 깊은 원천처럼 그에게 아무리 퍼내도 줄지 않는 그의 시적 근원이 정신적 원류에 맞닿아 있기 때문이라고 할 수 있다.

그 때문인가? 신협의 제9시집 『긍정의 빛』(기획출판 오름, 2018)을 펼쳐 그가 안내하는 행간을 따라가다 보면 그가 펼쳐내는 정신적 전류가 흐르는 시세계에 안착하고 있는 느낌을 받는다. 2013년 『독도의 꿈』 발간 이후 5년 동안 진행된 자신의 시세계를 진솔하게 드러내는 그의 눈빛이 『긍정의 빛』에 오롯이 담겨있는 시집으로 비쳐진다. 마치 자신의 손을 잡고 함께 우리 정신적 본류인 자신의 고향인 시정신의 세계로 우리를 인도하려는 듯하다. 시집의 편 편마다 쉬운 언어로 여전히 시대를 통찰하면서도 맵짜게 자신의 시정신을 투영하려 한다.

이번 신협 시인에 대한 집필의 기회에 그의 제1시집 『변명』(1974)부터 최근의 제9시집 『긍정의 빛』까지 시를 선정하여 분석하면서 필자는 신협이 작시作詩의 필연성에 대해 특별한 긍지를 지니고 있는 시인임을 발견했다. 그 때문인지 그는 자신의 시 편마다 자기만의 특별한 자화상을 탄생시켜 다양한 모습으로 시적 공간으로 소환하여 다양한 역할을 하게하고 있었다. 과거와 현재, 시대를 거슬러 자신을 자신의 시적 공간에 투영하고 자신을 연출하게하며 압축적으로 자신의 시적 진실을 도출하려 했다. 이러한 점은 시인은 오로지 시로써 자신을 드러내야 하는 자신의 시정신을 실행하고 있다고 할 수 있다.

평생 시정신을 앞세우며 통시적 안목으로 시적 대상을 보는 신협의 시를 단편적으로 규정하기는 당연히 쉽지 않다. 그럼에도 그의 시가 갖고 있는 몇 가지 특성을 그의 시집에서 추출한 텍스트를 중심으로 살펴보려 한다. 신협시인에 대한 연대기를 중심으로 한 형식과 틀에 맞춘 비평은 지양하며 시인을 대변하는 작품만으로 이번 기회에 그의 시세계에 접근하려 한다. 질문과 답을 병행하는 그의 독자적인 시에 대해 필자 나름의 다양한 해석을 구하려 한다.

2. 신협의 대표작품 분석

신협은 시를 위한 시정신을 중시하는 시인이다. 그는 '2011시의 날' 발표한 논문에서도 자신이 시정신을 정립하려는 의지와 주견을 거듭 강조했다. 그의 시정신을 인지하게 하는 초기 시이며 그의 대표작이 된 「달나라 여행」을 우선 살펴보기로 한다.

여기는 우주로 가는 중간 지점/ 시간은 낮 열두 시에서 멈추었고/ 몸무게가 스르르 빠져 나가면서/ 우리는 지구에서 싣고 온 말씀을 잃어버렸습니다.

벗이여./ 잠시 바쁜 일손을 멈추고/ 기도를 드립시다.

벗이여/ 슬픔을 거두소서./ 창 밖에는 황홀한 지구가 보입니다.

벗이여/ 싸움을 그치고/ 우주 저편에서 들려오는 소리에 귀
를 기울입시다.

여기는 등대도 빛도 무게도 없어/ 빈손엔 다만 빈손이 닿을 뿐

돌아오는 길목에서 나는/ 빈손에 어둠 한 상자만을 가지고 와
서는/ 대지에 씨앗을 뿌리겠습니다./ 대지에 씨앗을 뿌릴 것입
니다.

　　― 「달나라 여행」(『변명』, 1974)전문

　이 시는 신협의 고백적 기록에 의하면 자신이 생애 최초로 쓴
시라고 한다. 1969년 7월 21일은 아폴로 11호가 인류 최초로
우주인이 된 닐 암스트롱, 에드윈 버즈 올드린, 마이클 콜린즈
이들 셋을 태우고 달을 최초로 탐사한 기념비적인 날이었다. 지
구역사의 새 장을 장식하는 경사였다. 그날 신협은 TV를 통해
이 광경을 지켜보고 그 감동의 장면에 대해 처음으로 즉흥시를
썼는데 그 시가 바로 「달나라 여행」이라고 한다.

　1974년 출간한 첫 시집 『변명』에 초고가 실린 후 십년쯤 경과
해서 「달나라 여행」을 위와 같이 '벗이여' 호칭이 각 연의 도입부
마다 삽입되어 있는 것을 세 연만 남기고 모두 제외시켰다고 한
다. 이 시에서 2연은 암스트롱, 3연은 올드린, 4연은 콜린즈가
달 착륙 현장에서 했었을 말을 상상으로 화자인 신협이 대입했
다고 할 수 있다. 그들 셋이 한 말은 물론 지구를 향해, 지구인에

게 간구하듯 호소하는 경건한 기도문이다.

당시 세계는 미국과 소련, 두 강대국이 세력을 서로 부풀리며 주도권을 장악하려는 냉전시대였다. 2차 대전이 끝난 1945년부터 1991년 소련이 붕괴될 때까지 이 냉전은 계속되었다. 1957년 10월 4일 소련의 인공위성인 스푸트니크 1호의 성공으로 소련은 최초로 우주에 인공위성을 발사한 국가라는 타이틀을 갖게 되었다. 또한 스푸트니크 2호에는 '라이카'라는 이름의 개를 동승시켜 최초로 포유동물을 우주에 보낸 타이틀까지 얻게 되었다. 이에 자극받은 미국은 뒤늦게 우주개발에 뛰어들었다. 1961년 소련의 유리 가가린이 우주상공을 일주하면서 '지구는 푸른빛이다'라는 말을 남겼다.

우주개발에 계속 뒤처지던 미국은 1969년 7월 21일 아폴로 11호에 의해 소련에 앞서 나간다. 닐 암스트롱이 최초로 달 표면에 발을 디디며 "이것은 한 명의 인간에게는 작은 발걸음이지만 인류에게는 위대한 도약이다."라는 말을 남긴다.

이 생중계를 지켜보면서 신협은 우주와 연결되는 세계에 대해, 또한 자기존재에 대해 의문을 제기하며 본격적으로 우주의 신비에 대해 연구하며 정신세계의 위대함에 대해 많은 궁구를 했다고 보아진다. 세 우주인이 차례로 한 말에 이어 이 시의 백미는 마지막 연이다. "여기는 등대도 빛도 무게도 없어/ 빈손엔 다만 빈손이 닿을 뿐"인 5연에 이어 우주를 떠나 지구로 귀환하는 6연은 "돌아오는 길목에서 나는"하며 화자 자신을 지칭하며 자신이 하고 싶었던 말을 한다. 신협의 화자는 "빈손에 어둠한 상자만을 가지고 와서는/ 대지에 씨앗을 뿌리겠습니다."라고 결언을 맺는다.

"빈손에 어둠 한 상자만을"이라는 표현으로 시작하는 이 문면은 이 시가 왜 신협의 대표시가 되었는지를 확연하게 인지하게 한다. 우주의 신비는 밝혀지고 있지만 우주의 비밀은 밝혀내면 낼수록 아직도 그 비밀은 무궁무진하다. 우리가 볼 수 있는 별의 밝기는 몇 십억, 몇 백억 광년에 비롯되어 우리의 시야에 도달했다고 한다. 빈 공간으로 인식했던 우주는 1969년 이래 조금씩 그 면모를 드러내고 있다. 하지만 여전히 우리들 인간에게 신비적 존재이며 또한 두려움의 대상이다.

신협의 화자는 당시의 시대상인 미·소 냉전시대에 미래에 대한 불안요소와 함께 지구의 안위를 염려한다. 그 때문에 자신의 의지를 드러내며 다의적 상상을 하게 하는 "대지에 씨앗을 뿌리겠"다는 희망을 기대하는 구절이 탄생되었다고 할 수 있다.

여기서 알 수 있듯이 신협은 자신이 직접 체험한 현상에 대해 정신적 가치를 부여하고 균형적 시각으로 시적 대상을 제자리에 위치시키려 한다. 그 시적 대상에 대해 질서를 부여하고 역사의식을 지닌 시대적 소명을 생성시키려 한다.

소년은 하늘을 향해/ 연줄을 풀고 있었다.

바람을 조심스레 타면서/ 연은 차츰 높이 올라/ 세상을 너그럽게 내려다보았다.

연은 체중을 가늠하면서/ 목숨을 한 가닥 실 끝에 매달았다.

순간, 연은 한 바퀴 빙 돌다가/ 현기를 쫓듯/ 처절하게 몸을
흔들었다

실이 끝나는 지점에서/ 우주는 빈손을 흔들어 보이고,

실이 끊어지면서/ 연은,/ 뿌리 깊은 소리 쪽으로 사라졌다.
— 「연鳶」(제1시집 『변명』, 1974) 전문

자신의 한 생을 예단하는 시다. 1970년, 신협은 이 시「연鳶」
을 의도적으로 작시作詩했다고 한다. 신협은「연鳶」에서 자신의
일생이 진행되는 과정을 '연'의 생성과 소멸로 눈에 보이듯 묘사
하고 있다. '연'은 화자의 적극적인 의지가 작용되는 상징물로
"연줄을 풀"면서 미래에 맞닿게 될 세상을 향해 '연'의 운명을 수
용하고 전개해 나간다.

연줄을 푸는 화자는 '연'에 투사된 '연'과 동일시되는 것은 화
자 자신이다. '연'은 자신의 의지로 '바람'이라는 동반자와 함께
세상을 운행하면서 운명적 세계를 관류한다. "목숨을 한 가닥
실 끝에 매달"았다고 하듯이 '연'은 숙명적 존재로 실과 함께 병
존한다.

인因과 연緣은 조건과 상황이 끝나면 인과 연은 다시 이어질 수
없다. 인이 된 '연'과 연緣이 된 실과 바람은 인연因緣의 관계이며
상의相依로 관계를 지속해나간다. 이처럼 '연'의 운명은 무한한
가능성을 지니면서 동시에 한정되어 있음이 처음부터 예정되었

다고 할 수 있다.

세상은 잠시도 멈추지 않고 끊임없이 변화한다. 그 과정에 성립의 요건이 되던 조건이 변화하면 다른 형태로 변화할 수밖에 없다. 그 마지막 변화는 무상이고 공空이다. 인연이 다하면 "실이 끝나는 지점에서/ 우주는 빈손을 흔들어 보"인다고 하듯이 공으로 존재하던 본래의 모습으로 돌아간다. "연은,/ 뿌리 깊은 소리 쪽으로 사라"질 수밖에 없다. 그게 모든 생멸을 거듭하는 존재의 참모습이다.

신협의 화자는 이러한 존재의 참모습과 변화에 대해 긍정적으로 예찬을 하려 한다. 즉 '연'과 화자인 신협을 일체화시키고 존재에 대한 성주괴공成住壞空을 형상화하며 이 시를 종결짓는다.

신협은 이 시를 30대 초반에 작시作詩하며 자신이라는 존재에 대해, 존재의식과 우주의 근원에 대해, 특히 자기존재의 근원에 대해 많은 고뇌를 했다고 할 수 있다. 또한 자신에 맞는 이상적 진리를 탐구하면서 우주와 인간의 존재원리에 대해 어떤 정의를 내리려 했다고 보아진다. 그 시기, 그는 자신의 한 생에 대해 자신의 의지를 적극적으로 투영시켜 자신의 한 생을 온전히 살아내기 위해 전력을 다했다고 할 수 있다.

신협의 「연蓮」은 한 인간의 생의 주기인 지극히 제한된 세계를 생성과 소멸의 차원에서 우주와 대비시키려 고심했다. 자신의 존재의식을 적극적으로 투영한 작품으로 신협의 시적 사유가 이른 시기에 형성되었음을 반증한다고 할 수 있다.

물은 달지 않아 좋다

물은 맵거나 시지 않아 좋다

물가에 한 백년 살면

나도 맹물이 될 수 있을까

— 「맹물」(제2시집 『낙엽으로 돌아와서』, 1979) 전문

「맹물」은 신협의 또 다른 시세계를 보여주는 상징적인 4행의
단시다. 압축과 정결미를 드러낸다. 언어는 쉽게 전개되지만 그
시적 해석의 공간은 한없이 확장이 될 수밖에 없다. 꼭 필요한
언어만을 축약해 형상화했기 때문이다.

'물'의 속성에 대해, '물'만이 지니고 있는 특질에 대해 화자인
신협은 "물은 달지 않아 좋다"고 하며 또한 "물은 맵거나 시지 않
아 좋다"고 '맹물'의 조건과 특성을 '좋다'는 절대긍정을 표명하
며 연속해서 단정적으로 말한다. '물'에 대한 적극적인 신뢰를
표명한다. 또한 그 '맹물'의 특성을 신협의 화자는 닮고 싶어 한
다. '맹물'처럼 달지 않고 맵지 않고 시지 않기를 바란다. 무엇을
의미하는 것일까? 화자는 세상의 시시비비에 얽매이지 않고 초
연하려는 마음을 은연중 '맹물'에 투사하려 한다.

그래서 「맹물」은 '맹물'이 그렇듯이 일체의 수사적 언어를 생략
한 채, 4행으로 이루어진 시이면서 여백을 확장해 나간다. 즉 쉽
고 단순한 언어로 독자가 상상할 수 있는 몫을 남겨놓는다. "물가
에 한 백년 살면/ 나도 맹물이 될 수 있을까"하며 의문부호를 던
진다. 독자와 자신에게 동시에 던지는 질문이라고 할 수 있다.

"물가에 한 백년 살면"이라는 전제는 '맹물'의 특성을 닮고 싶
은 화자의 의지다. 독자의 입장에서 '맹물'의 의미에 대해 상상

을 다의적으로 하게 한다. 신협은 「맹물」에서 짧은 시의 긴장미와 조화를 동시에 아우르며 시의 효용성을 중시하려 한다. 이러한 표현은 또한 현상과 작용을 그대로 보여주듯 동양적 사상의 한 지류인 공과 연기와 중도를 표방하는 선禪적 요인도 깃들어 있다고 할 수 있다.

　그리운 대지의 젖줄/ 윤기 반짝이는 잎에/ 쏟아 붓던 햇살을 꿈꾼다

　임의 입김은/ 바람의 은밀한 속삭임/ 오늘의 무게로/ 저 하늘의 순수를 바라 본다

　이제는 나무를 위하여/ 조용히 기도를 하자/ 때가 오면/ 꽉 잡았던 가지 끝을/ 놓을 줄을 안다.

　은혜 깊은 뿌리 곁에 누워/ 제 몸을 묻고/ 낙엽은 꿀잠을 잔다.
　　　— 「낙엽으로 돌아와서」(제2시집 『낙엽으로 돌아와서』, 1979) 전문

　화자는 자신이 1연에서 "대지의 젖줄/ 윤기 반짝이는 잎에/ 쏟아 붓던 햇살을 꿈꾼다"고 서두를 시작했다. '햇살'은 무엇인가. 나뭇잎이 반짝일 수 있는 것은 '햇살'이 나뭇잎에 투사되어 동화작용을 일으키기 때문이다. 따라서 화자가 '햇살'을 꿈꾸는 일은 희생적인 마음으로 "저 하늘의 순수를 바라"보듯이 자연에 귀의하고 싶은 의지를 드러낸다.

3연에서 화자는 "이제는 나무를 위하여/ 조용히 기도를 하자"고 한다. 나뭇잎을 무성하게 만들던 즉 화자가 된 나뭇잎을 존재하게 했던 모태인 '나무'를 위해 '기도'를 올리는 것은 떠날 준비를 하는 것을 의미한다. 나무는 한때 지금은 비록 낙엽이 되어 있지만 낙엽이 되기 전의 나뭇잎을 생성하는 동체였다. 낙엽 이전의 나뭇잎을 존재하게 했던 모든 것에서 나뭇잎은 이제 나무와 분리하지 않으면 안 된다.

신협의 화자는 이 자연의 순리, 생성과 소멸의 순환을 '은혜'로 수용한다. 자연의 이치에 대해, 또한 화자 자신이 그 자연의 한 부분으로 존재하는 것에 대해 비로소 "은혜 깊은 뿌리 곁에 누"웠다고 절대긍정을 보내며 "제 몸을 묻"으면서도 달갑게 자신의 처지를 감수하고 "낙엽은 꿀잠을 잔다."며 감사의 마음을 지니려 한다. 이처럼 자신을 낙엽에 대위하는 것은 자연에 대한 숭고함이다. 자신을 가장 낮은 자리에 두려는 겸양이며 겸허함이다. 이와 같은 자연의 정해진 이치에 순응하며 사색적 정경을 연출하려는 신협의 시적 의도는 다음의 시「鐘」에서 연속된다.

　층계를 밟고 올라간/ 하늘 맨 꼭대기에/ 종은 높이 매달려 있다.

　꿈에 나는 키가 부쩍 자라/ 탑신을 밟고 올라/ 종을 치려고 발을 휘젓다가/ 땅바닥에 떨어졌다.

　날개 부러진 까치 떼가 몰려와/ 머리로 부딪쳐/ 종소리는 꿈처럼 길게 늘어지며 울었다.

　　종은 이제 스스로 울어/ 마침내 바람을 울리고/ 바람은 나뭇잎
을 울리고/ 산과 바다와 가슴도 따라 울었다.
　　—「종鐘」(제3시집『물가에 앉아서』, 1985) 전문

　　화자의 시적 대상이 된 '종'은 한 발 한 발 내딛는 단계를 거쳐
'종'이 최종적으로 도달할 수 있는 정상까지 도달해 '종'이 갈 수
있는 자신의 위치에 있다. 그곳은 생의 한계이며 또한 우리가 가
야할 생의 극점이고 정상이다. 화자는 꿈에서조차 자신의 능력
을 한껏 키워 그 정상을 정복하려고 한다. 하지만 "종을 치려고
발을 휘젓다가/ 땅바닥에 떨어졌다."고 하듯이 도전은 실패하
고 만다. 다시 처음의 위치로 되돌아간다.
　　화자가 다시 '종'을 치기 위해서는 다시 단계를 거쳐 올라가야
한다. 그만큼 정상으로 향하는 길은 우리 생이 그렇듯이 요원하
고 힘들기만 하다. 그 종소리는 그냥 울리지 않는다. 3연에서 말
하듯 "날개 부러진 까치 떼가 몰려와/ 머리로 부딪쳐" 생명을 담
보로 최선을 다했을 때만 울린다. 목숨을 다 내놓기에는 화자는
아직 그 무조건적인 희생에 대해 번민할 수밖에 없다.
　　그 때문에 화자가 된 '종'은 자신이 스스로 울기를 선택한다.
'종'이 울기 위해서는 누군가 '종'에 힘을 가해야 하는데 그럴 수
없으니 '종'은 자기가 자신을 울려서 소리를 내려고 한다. 자기
가 자신을 울릴 때 "바람을 울리고/ 바람은 나뭇잎을 울리고/ 산
과 바다와 가슴도 따라" 운다. 화자가 된 신협은 따라서 자신이

울어야 하는 당위성을 이렇게 형상화한다. 자신의 한계를 절감하면서 자신의 심경에 대해 "산과 바다와 가슴"에까지 동조를 구하려 한다. 이처럼 자신에 대한 통한을 시적 대상에게 동의를 구하는 동감과 함께 자신이 귀속해 있는 시적 대상들과 합일을 이루려 한다.

　예순쯤 살아온 강물은/ 조용 조용히 흐른다/ 가슴으로 뜨겁지도 않고/ 입술 파랗게 질리지도 않는다.

　오직 하나밖에 모르는 강물/ 낮은 곳을 향해 흘러갈 뿐/ 단순한 기쁨 얼굴에 넘치고/ 강물은 밤낮을 잊어버리고 산다.

　거슬러 올라갈 생각 없이/ 아래로 아래로 오직 한 길/ 바다를 경건히 바라보며/ 단순한 강물은 그냥 넉넉하다

　물새 날아와 외롭지 않고/ 물고기 함께 살아 외롭지 않다./ 바다의 마음 그리워하는/ 단순한 강물 도도하게 살아간다.
　　— 「단순한 강물」(제6시집 『단순한 강물』, 2002) 전문

　신협의 화자는 이순耳順을 맞아 자신을 흘러가는 '강물'에 비유한다. '강물'은 처음 산에서 발원하여 계곡을 흐르기도 하고 범람을 이겨내며 강폭이 넓은 지경에 이르렀다. 이제 어지간한 외부의 환경변화에 휘둘리지 않으면서 '강물'은 제 갈 길을 간다. "가슴으로 뜨겁지도 않고/ 입술 파랗게 질리지도 않"으면서 오

직 "낮은 곳을 향해 흘러갈 뿐"이다. 먼 바다를 향해 가는 그 길, 또한 제 갈 길이다. 이제 화자를 환치하는 '강물'은 흘러간다는 그 자체도 잊어버린 '강물'로 전환된다. 그 때문에 '강물'로 흘러가는 화자의 내면은 환희로 충만하며 "단순한 기쁨 얼굴에 넘치고" 있다.

'강물'이 된 화자는 되돌아갈 수도 없으며 그런 생각조차 아예 하지 않는다. "아래로 아래로 오직 한 길"인 앞을 향해 "바다를 경건히 바라보며" 나아갈 뿐이다. 주어진 그대로의 환경과 여건에 순응할 뿐이다. 이제 "단순한 강물은 그냥 넉넉"한 마음만 남아있다. 주위를 새삼 휘둘러보니 "물새 날아와 외롭지 않지/ 물고기 함께 살아 외롭지 않다."고 하듯이 물새와 물고기가 친구가 되고 동반자가 되어 있다.

화자는 지금 "바다의 마음 그리워"한다. 언젠가는 자신이 가야할 곳이기 때문이다. 그러면서 여전히 자신은 "단순한 강물"이 되어 "도도하게 살아"가야 한다. 자신을 자신답게 지키면서 갈 길을 가야 한다.

화자는 이순을 맞아 분노도 내려놓고 욕심도 다 내려놓은 무위자연의 삶을 연결하고 진행하려 한다. 자신의 한계를 절감하며 '강물'로 치환된 자신의 시원始原인 바다를 그리워하며 자족의 삶을 희구하려 한다. 이제 비로소 자신을 자연의 한 부분으로 수용하며 운명의 귀속자가 되려 한다. 이러한 안분지족의 삶의 태도는 이후 오래 지속된다.

   시를 쓴다는 것은/ 개울 바닥에 굴러다니는/ 조약돌을 줍는

일/ 수석을 즐기다가/ 기이한 돌을 발견하고는/ 혼자서 즐거워
한다.

시를 쓴다는 것은/ 벌이 되어 꿀을 모으는 일/ 꽃을 찾아다니
다가/ 꿀을 발견하고는 행복해 한다.

시를 짓는다는 것은/ 대장간에서/ 풀무질을 하는 일/ 쇳덩이
를 불에 달구어/ 담금질로 연장을 만들고는/ 이마의 구슬을 훔
쳐낸다.

시를 쓴다는 것은/ 영혼의 맑은 이슬을 받으러/ 산사를 찾아
떠나는 일/ 텅 빈 절간을 헤매다가/ 잠자리에 들어서는/ 꿈에 도
인을 만난다.

— 「시를 쓴다는 것은」(제7 · 8시집 『독도의 꿈』, 2013) 전문

제7 · 8시집 『독도의 꿈』에 실린 시 「시를 쓴다는 것은」 신협이
'자신의 시론이 과연 무엇인가?' 일목요연하게 적시한 시라고
할 수 있다. 근래의 시인들은 '독자적인 시론이 없는 시인이 아
니다.'라며 자신만의 독보적 시론을 갖기를 내세운다. 다변화되
고 있는 현대시단에서 자기만의 시론과 그 시론을 적용하는 시
를 써야만 시인으로서 생존이 가능하다는 주장이 중론으로 자리
잡고 있다. 위 시는 신협이 앞세우는 자신의 시론을 각 연의 도
입부에 "시를 쓴다는 것은"이라는 서두를 1행에 두면서 자신의
독자적 시론을 전개해 나가고 있다.

신협은 1연에서 시인이 자기만이 볼 수 있는 발견의 눈을 지녀야 함을 강조한다. "수석을 즐기다가/ 기이한 돌을 발견하고는/ 혼자서 즐거워한다."고 하듯 시적 발견의 환희를 예찬한다. 2연 역시 1연에 연속해서 "그 꽃을 찾아다니다가/ 꿀을 발견하고는 행복해 한다."고 시인의 행위에 대해 시를 쓰는 그 자체를 '행복' 해 해야 한다고 시를 쓰는 과정의 즐거움을 표현한다. 3연은 시작詩作의 고통에 대해 "쇳덩이를 불에 달구어/ 담금질로 연장을 만"드는 힘든 역경을 극복하기를 비유한다. 4연은 시를 쓰는 목적이 "영혼의 맑은 이슬을 받으러/ 산사를 찾아 떠나는 일"과 다름없음을 강조하며 "텅 빈 절간을 헤매다가/ 잠자리에 들어서는/ 꿈에 도인을 만"난다고 하듯이 시정신과 덕목을 중시하면서 자신의 시론에 대해 긍정적 결론을 내린다.

「시를 쓴다는 것은」 결국 신협에게 정신적 충만함이 조성되어야 하는 선결조건이 완비되기를 희망한다고 할 수 있다. 그에게 "시를 쓴다는 것은" 그가 자신의 시정신에서 주창하듯 '진실성 위에서만 나타날 수 있는 미적 감동'이 있어야 하며 '체험에서 얻어진 현실의식이나 역사의식'과 함께 '생명 있는 정신'이 깃들어야 한다고 본다.

신협이 대학원에서 쓴 학위논문 「현대 한국시의 정신적 연구」(고려대 대학원 1989) 중 시정신에 관련된 항목을 자신이 요약한 내용 그대로 열거해 본다.

첫째로 시정신은 시의 내용이 아니라는 점이다. 둘째로 시정신은 시의 주제가 아니다. 셋째로 시정신은 시의 사상이 아니다.

넷째로 시정신은 살아있는 정신이요, 깨어있는 의식이다. 다섯째로 시정신은 진실성 위에서만 나타날 수 있는 미적 감동 상태인 것이다. 여섯째로 시정신은 불멸하는 시인의 혼이다. 일곱째로 시정신은 체험에서 얻어진 현실의식이나 역사의식을 바탕으로 한다고 할 수 있다. 여덟째로 시정신은 생명 있는 정신이다. 시정신이 풍부해야 감동을 준다. 나의 박사논문 이후에 정리해본 詩精神을 구체적으로 분류하면 다음과 같다.

① 선비의식의 시정신(김소월의 산유화/ 윤동주의 서시/ 이육사의 광야/ 조정권의 독락당)

② 저항의식의 시정신(한용운의 당신을 보았습니다/ 심훈의 그날이 오면/)

③ 역사의식의 시정신(변영로의 논개/ 이상화의 빼앗긴 들에도 봄은 오는가/ 이육사의 절정/ 신동엽의 껍데기는 가라)

④ 사랑의 시정신(김소월의 진달래꽃/ 모윤숙의 국군은 죽어서 말한다)

⑤ 생명의식의 시정신(유치환의 생명의서/ 서정주의 자화상)

⑥ 신앙심의 시정신(김현승의 절대신앙/ 황현의 절명시/ 한용운의 나룻배와 행인/ 김상용의 남으로 창을 내겠소/ 신석정의 그 먼 나라를 아르십니까?)

⑦ 현실비판의 시정신(조지훈의 봉황수/ 오규원의 이 시대의 순수시)

⑧ 우주적 상상력의 시정신(한용운의 알 수 없어요/ 윤동주의 별 헤는 밤)

⑨ 휴머니즘의 시정신(정한모의 가을에/ 박재삼의 울음이 타는 가을 강)

⑩ 문명비판의 시정신(김광섭의 성북동 비둘기/ 김기림의 기상도)

⑪ 생태환경의 시정신(이형기의 전천후 산성비)

⑫ 치열한 영혼의 시정신(김소월의 산유화/ 이호우의 개화/ 노천명의 사슴)

⑬ 淸淨心의 시정신(김영랑의 동백닢에 빗나는 마음/ 김동명의 내 마음은)

⑭ 죽음 또는 생사초월의 시정신(이상화의 나의 침실로/ 이형기의 낙화)

⑮ 깨달음의 시정신(서정주의 국화 옆에서/ 박목월의 이별가)

⑯ 참회, 자아비판의 시정신(윤동주의 참회록/ 서정주의 自畵像)

⑰ 언어조탁의 장인정신(김영랑의 사행소곡/ 정지용의 호수/ 박목월의 나그네)

⑱ 민중심리와 시대정신(박인환의 목마와 숙녀/ 백석의 나와 나타샤와 흰 당나귀/ 조병화의 의자)

⑲ 실험의식의 예술혼(이상의 오감도시제1호/ 김동환의 국경의 밤)

⑳ 하늘에 이른 시정신(주요한의 불놀이/ 김소월의 산유화/ 한용운의 님의 침묵// 서정주의 국화 옆에서/ 김영랑의 모란이 피기까지는/ 유치환의 깃발/ 박두진의 해/ 조지훈의 승무/ 김춘수의 꽃/ 김광균의 설야/ 박목월의 나그네/ 윤

동주의 서시)

하늘에 이른 시정신이라고 명명한 이유는 한국의 고전시론 중에서 詩를 「天來之言」이라고 하기 때문이요, 온 국민이 애송하는 시는 하늘에 이른 시정신이 있기 때문이다.

시정신이 풍부한 시란 정신만을 의미하지는 않는다. 엘리어트의 말처럼 사상이 장미의 향기로 형상화 되었을 때 비로소 시정신으로 살아나는 것이므로 이를 문학성이라 말할 수 있을 것이다. 결론은 좋은 시는 시정신에 달려있다.

—(『문예운동』「작시법을 위한 나의 시, 나의 시론」 2018, 가을호 참조)

이와 같이 신협은 정신적인 측면에서 "결론은 좋은 시는 시정신에 달려있다."고 역설하며 시정신을 중시한다. 그 때문에 자신이 「시를 쓴다는 것은」 결국 시정신에 부합되어야 한다고 하면서 "영혼의 맑은 이슬을 받으러/ 산사를 찾아 떠나는 일"이 아니겠느냐? 묻는 장면은 독자를 위한 질문이라고 할 수 있다. 이와 같은 정신적 기조는 최근까지 다음의 시에서 알 수 있듯이 신협 시인의 시작詩作의 주류를 이룬다.

시는 깨달음을 쓰는 것/ 빙벽 앞에서/ 절망 앞에 서서/ 그대는 무엇을 깨달았는가.

시는 깨우치려고 외치는 것/ 빙벽 앞에서/ 절망 앞에서/ 그대는 누구를 깨우치려고 외치는가.

시는 이 세상의 아름다움을 발견하는 것/ 빙벽 앞에서도/ 절망 앞에서도/ 그대가 발견한 보석은 어떤 보석인가.

시인이 서있는 자리는/ 빙벽 앞이거니/ 절망을 뚫고 일어서려는 사람/ 바로 그가 시인이 아니던가.

시여! 시대에 절망하라./ 시인이여! 곡괭이를 내려치듯/ 저 어둠의 빙벽을 뚫고/ 새벽을 불러오라.

깜깜한 밤하늘에도/ 샛별은 빛날지니/ 어둠이 짙을수록/ 별들은 더욱 총총히 밤하늘을 수놓는다.
— 「빙벽 앞에서」(제9시집 『긍정의 빛』, 2018) 전문

신협의 화자는 1연에서 "시는 깨달음을 쓰는 것"이라고 전제한다. 시는 결국 시적 대상이 된 세상의 모든 대상에게 시인 자신이 세상의 이치에 대해, 어떤 존재의 필연성에 대해, 깨달음이 없으면 '시가 아니다'라는 결론을 내린다. 따라서 "빙벽 앞에서/ 절망 앞에 서서/ 그대는 무엇을 깨달았는가."라는 질문이 화자가 된 신협에게 지극히 당연한 질문이 된다. 2연은 1연의 의미를 더욱 강조한다. 시인 자신이 아닌 타자에게도 깨달음과 울림을 줄 수 있어야 한다고 화자의 주장에 힘을 더한다.

또한 시는 결국 감성적 미학을 찾아내는 것이므로 "시는 이 세상의 아름다움을 발견하는 것"을 3연에서 주견으로 내세운다. "그대가 발견한 보석은 어떤 보석인가." 질문하며 시인의 행위

가 시적 미학의 발견에 있음을 더욱 강조하려 한다.

시인은 그 어떤 '빙벽'과도 같은 장애를 극복하며 자신의 의지를 세우고 결코 어떤 절망 앞에서도 좌절해서는 안 된다. 시에 대한 사명을 다해야 하며 시 정신으로 무장해서 난관을 이겨내야 한다. 시인은 화자가 세상의 부조리와 절망을 딛고 항변하고 외쳐야 한다. "곡괭이를 내려치듯/ 저 어둠의 빙벽을 뚫고/ 새벽을 불러"와야 한다. 이처럼 신협은 자신에게 내재된 자신이 지니고 있는 시인이라는 천형과 시인의 사명의식을 연속해서 강조하며 깨달음을 시적으로 승화시키려 한다.

신협은 계속해서 시인의 정신적인 면을 앞세운다. 그와 동시에 "시는 이 세상의 아름다움을 발견하는 것"이라며 시의 정신이 충만할 때 시의 미학적 요소인 은유와 상징이 더 자연스럽게 운용되고 있음을 또한 중시한다. 즉 시정신으로 무장된 시인은 그 때문에 더 독자에게 동감을 주는 시를 쓸 수 있음을 강조하려 한다. 때론 정신적인 측면을 앞세우는 것은 시인에게 일종의 굴레가 될 수도 있다. 하지만 신협은 이 점에 대해서도 전혀 이의를 제기하지 않는다. 시정신을 지켜나가는 것은 그에게 일종의 신념이기 때문이다.

내가 태어난 곳은/ 하얀 백지

스무 살에는 백지 위에/ 「달」을 그렸고

서른 살에는 백지 위에/ 「물가에 앉아서」호수를 그렸고 오십이 넘어서 예순 살에는/ 「단순한 강물」을 그렸다.

이제 팔십이 다 되어서는/ 잘못 살았다는 생각에/ 백지 위의 달도 호수도 강도 모두 지웠다.

다시금 하얀 백지로 돌아가/ 나를 찾아 나섰다.
— 「하얀 백지 위에」(제9시집 『긍정의 빛』, 2018) 전문

신협 시인의 화자는 존재자의 입장에서 자신의 한 생을 회한으로 바라본다. 화자는 "내가 태어난 곳은/ 하얀 백지"였음을 공표한다. '하얀 백지'가 상징하는 것은 화자 자신이 애초에 무無와 공空에서 비롯되었음을 뜻한다. 화자는 이 문면에서 시인을 대변하는 '하얀 백지'를 채울 수 있는 것은 시작詩作의 예술적 공간으로 수용한다는 의미이다. '하얀 백지' 위에 태어난 화자는 따라서 시인으로서 자신의 한 생을 회고하며 느끼는 진솔한 감회를 술회하려 한다.

화자는 "스무 살에는 백지 위에/ 「달」을 그렸"다고 하듯이 꿈과 이상에 가득한 세계를 추구했다고 회상한다. 또한 "서른 살에는 백지 위에/ 「물가에 앉아서」 호수를 그렸"다며 제3시집 『물가에 앉아서』를 출간하던 시기를 「물가에 앉아서」라는 시를 중심으로 그 시절을 아름답게 추억한다.

"오십이 넘어서 예순 살에는/ 「단순한 강물」을 그렸다."고 하듯이 화자는 무위자연의 삶을 이상으로 여기고 자연에 순응하

려 했다고 술회한다. 응분자족의 삶을 그리면서 그 무엇보다 운
명을 신뢰하고 자신 역시 자연의 한 부분으로 수용하려 했을 것
이다.

신협의 화자는 "이제 팔십이 다 되어서는/ 잘못 살았다는 생
각에" 자신의 위치를 새삼 점검하려 한다. '잘못 살았다는 생각'
이 드는 것은 자신의 생에 대한 반성이며 동시에 자신에 대한 부
정에서 비롯된 강한 긍정이다. 철저한 부정은 철저한 긍정 위에
서 성립한다. 그동안 삶의 지표가 되고 이정표가 되던 "백지 위
의 달도 호수도 강도 모두 지웠다."는 화자의 고변이 그래서 더
실감 있게 감득된다. 그 때문에 "다시금 하얀 백지로 돌아가/ 나
를 찾아 나섰다."고 진솔하게 실토하는 화자에게 당위성과 절대
긍정이 성립된다.

역설적으로 화자인 신협은 자신의 삶을 성실하고 진솔하게 살
아왔음을 자신의 한 평생을 부정함으로써 증명하려 한다. 동시
에 제9시집을 『긍정의 빛』으로 명명했듯이 자신의 생에 대한 부
정을 다시 부정하며 긍정으로 방향을 선회한다. 생에 대한 회의
와 부정을 거쳐 자신의 생에 대해 절대긍정으로 전환하려 한다.

배달부는 우체통 속을 샅샅이 뒤져/ 편지나 엽서를 모두 가방
에 담아도/ 전에는 배불뚝이였으나 요즈음은 홀쭉이가 되었네.

오작교 건너 견우와 직녀의 만남/ 스마트폰 때문에/ 세계가 이
웃집 안마당이 되었네.

우체통 속 안쓰러운 기다림/ 배달부의 허기진 눈망울/ 세기는 전광석화처럼 지나가 버렸네.

오후의 들판을 급행열차가 달리고/ 자전거를 탄 배달부 아저씨가/ 시골 신작로를 달리고 있네.

가을 오동나무 위로/ 기러기 멀리 날아가고/ 빈 가지에 초승달이 걸려 있네.
— 「우체부와 우체통」(제9시집 『긍정의 빛』, 2018) 전문

세상은 **빠르게** 변화한다. 그 변화의 양상을 현실에서 그대로 체험하고 있는 '우체부'를 보면서 화자는 긴박하게 전개되는 세상의 변화를 따라가지 못하는 자신을 '우체부'로 비유한다. 예전의 '우체부'들은 우체통에 넘쳐나는 우편물을 회수해 넘치도록 우편낭에 담고 다녔다. 으레 '우체부'들은 그런 작업의 부하를 당연시했고 '배불뚝이'처럼 뒤뚱거리며 다니기도 했다. 하지만 언제부터인가 가방을 가득 채워 들고 다니는 '우체부'는 보이지 않았다. 한 시절 연말이 되면 엽서와 연하장을 보내는 일로 분주했는데 지금은 그런 일조차 아득한 옛 추억이 되었다.

화자는 스마트폰에 의해 세상이 빠르게 뒤바뀐 것을 절감한다. "스마트폰 때문에/ 세계가 이웃집 안마당이 되었"다며 스마트폰에 의해 이전에 '우체부'가 도맡았던 연락과 배송 등의 문제를 **짧은** 순간에 해결해 버리는 세태를 보며 격세지감에 **빠진**다. 그야말로 "세기는 전광석화처럼 지나가 버렸"다고 하듯이 스마

트폰이라는 문명의 이기에 의해 세상의 시공간이 순간이동하며 생각마저 화급을 다투는 상황을 수용한다.

화자는 그 때문에 자신이 간직했던 느리게 진행되는 일상의 추억을 회상한다. "오후의 들판을 급행열차가 달리고" 있는 가운데 "자전거를 탄 배달부 아저씨가" 한가롭게 "시골 신작로를 달리고 있"는 광경을 떠올린다. 그곳은 들판을 달리는 급행열차와 "자전거를 탄 배달부 아저씨"가 기묘하게 조화를 이루고 있어서 여유롭기만 하다. 급박하게 돌아가는 일상이 아니며 서두를 필요가 없는 시공간이다.

신협의 화자는 지금 "빈 가지에 초승달이 걸려 있"다고 하듯 회한 가득한 심경으로 옛 시절을 회상하며 사색에 빠져 무념으로 대상을 바라보던 여유를 그리워한다. 이러한 장면은 '스마트폰'과 '우체부'를 대비시키며 신협이 자신의 본령으로 회귀하고 싶은 의지의 작용이 형상화되었다고 할 수 있다.

3. 신협의 다층적인 시세계

신협의 제1시집 『변명』(1974)부터 제9시집 『긍정의 빛』(2018)까지 작품을 선정하여 모두 열 편의 시를 대표적으로 살펴보면서 신협의 시는 신협의 시로 규정될 수밖에 없다는 결론을 내린다. 평생 정론에 가까운 통시적 안목으로 시를 쓰는 그의 시를 단편적으로 규정하기는 쉽지 않다. 그럼에도 그의 시가 갖고 있는 몇 가지 특성을 밝혀보려 한다.

첫째, 신협의 시는 정신적 경험과 정신적 추론에 근거한 과학적인 정론의 시를 제시하려 한다. 그가 추동하는 시정신은 제1시집『변명』의「달나라 여행」이라는 시를 최초로 쓰면서 당시의 냉전시대라는 시대상을 반영하고 동시에 정신적 세계와 함께 균형적 시각으로 대상을 위치시키려 했다. 이러한 사실만 보더라도 그는 시적 대상에 대해 질서를 부여하며 시정신에 부합되는 정론의 시를 쓰려 했다고 할 수 있다. 자칫 아포리즘으로 흐른 듯해 보이지만 감성과 이성의 경계를 넘나들며 시의 미학적 측면을 아울러 중시했다고 할 수 있다. 이러한 시정신을 앞세운 그의 시는「달나라 여행」을 비롯하여 제4시집『어린 양에게』의「어린 양에게」, 제7·8시집『독도의 꿈』의「시를 쓴다는 것은」, 제9시집『긍정의 빛』의「강물처럼 살련다」,「빙벽 앞에서」등이 여기에 해당된다.

둘째, 신협의 시는 자신의 의지와 의도를 자신의 시에 적극 적용한다. 시적 대상에 대한 깊이 있는 사유를 거쳐 통찰의 시각으로 대상을 보며 행간에 이를 적극적으로 반영하려 한다. 따라서 그의 시는 구도적이며 일면 건축을 하듯이 구상적構想的인 측면이 강하다. 그가 주창하듯이 시정신이 내용과 주제와 사상이 아니면서 시정신을 자연스럽게 작품에 스며들게 하는 나름의 방식이라고 할 수 있다. 제1시집『변명』의「연鳶」, 제3시집『물가에 앉아서』의「종鐘」등이 여기에 해당된다. 자신의 시정신과 시론을 시의 행간에 의도를 포용하여 투입시키는 방식이라고 할 수 있다. 이후에도 제7·8시집『독도의 꿈』의「독도의 꿈」,「팽이치기(1) 등이 이에 해당되는 것으로 볼 수 있다.

셋째, 신협의 시는 무상함이 근원에 자리하고 있는 무위자연의 방식을 수용하려 한다. 그는 자신이 추동하는 시정신과 부합되게 모든 시적 대상들을 자연의 순리에 맞게 배치시키려 한다. 서양의 온갖 수사기법이 그의 시에 방법론으로 응용되어도 그의 내면적 사유는 동양적 사유에 그 근원을 두고 있기에 가능한 방식이라고 할 수 있다. 그 대표적인 시가 제2시집『낙엽으로 돌아와서』의「맹물」과「낙엽으로 돌아와서」, 제6시집『단순한 강물』의「단순한 강물」, 제7·8시집『독도의 꿈』의「석곡리의 돌」등이라고 할 수 있다.

이처럼 신협의 시가 독자에게 사유와 성찰의 시적 공간을 제공하는 것도 그의 시가 지닌 미학적 무상이 있기 때문이라는 생각이 든다. 비로소 자신을 자연의 한 부분으로 수용하며 삶 그 자체의 흐름을 자연의 순리대로 순행시키려 한다. 일체의 욕심도 내려놓고 운명의 귀속자가 되려 한다. 어떤 시는 전통적인 선禪적 사상이 내밀하게 안착되어 있는 느낌도 준다. 이러한 자연에 순응하는 안분지족의 삶의 태도는 이후 신협의 시의 줄기를 이루며 오래 지속된다.

넷째, 신협의 시는 자문자답의 내면적 형식을 지니고 있다. 사람과 사물과의 대화, 그 문답의 과정과 결론을 시의 행간에 균형 있게 장치하고 독자가 이해하게 한다. 즉 독자를 배려하는 시를 쓴다. 이를 위해 자신을 시적 대상에 투사하며 그 대상과 대화체 형식을 차용하여 그 대상에게 질문을 반복하기를 즐겨한다. 나름 자신의 의도를 우회적으로 독자에게 전달하는 방식이라는 생각이 든다. ~하소서, ~하리, ~할까, ~이여, ~시라, 등으로 문자의 끝말을 맺는 것은 이런 전달방식을 보여준다고 할 수 있다.

『긍정의 빛』에 있는 「긍정의 빛」, 「가시면류의 영광」, 「고목 아래에서」, 「온돌의 단잠」 등이 여기에 해당된다. 따라서 그의 시는 경우에 따라 대상과의 간격을 줄이는 스토리텔링, 즉 짧은 단막극을 보여주는 양상을 띠기도 한다.

다섯째, 신협의 시는 사회적 변화를 주시하며 그 변화를 자신의 시에 한 부분으로 적용시키려 한다. 시가 지니고 있는 사회적인 기능을 자신의 시에 도입하려 한다. 이는 그가 자신이 처한 사회의 변화에 대해 유용성을 찾아내려한 노력의 소산이라고 할 수 있다. 그는 자신이 맞닥뜨리는 시대와 사회적 불편함에 대해 사회적 변혁을 시도하지는 못했을 것이라고 본다. 오랜 기간 대학교수와 학자라는 사회적 정형의 틀에 갇혀 있었기 때문이 아닐까? 하는 추론을 해본다. 다만 그는 급변하는 사회현상에 대해 역사의식에 토대를 둔 문제의식을 자신의 작품에 반영하기 위해 나름 노력했다고 할 수 있다. 제1시집 『변명』의 「달나라 여행」, 제4시집 『어린 양에게』의 「피지 못한 꽃」, 제7·8시집 『독도의 꿈』의 「독도의 꿈」 등이 여기에 해당된다고 할 수 있다.

이상에서 살펴본 것처럼 신협의 시를 다섯 가지 특징으로 분류해 보았다. 하지만 그의 시를 다섯 가지 특징만으로 규정할 수 없다고 본다. 실상 그의 시는 복합적 요인이 작용하는 독특한 신협, 그만의 독자적인 시이기 때문이다. 자신의 인생에 대한 숙고와 성찰과 병행하여 감성의 미학이 작용하는 그의 시는 1969년 처음 쓴 「달나라 여행」에서 시작하여 '분수동인' 시절을 거쳐 실질적인 시력 50년을 증명하듯이 위에 제시한 다섯 가지 방법론을 포함, 다양한 시적 방법론이 복합적으로 응용되고 있다고 할 수 있다. 그동안 자신이 추구해온 시적 방법론이 자신이 의식하지 못하는 가운데 자신의 시 내면에 자연스럽게 다층적으로 용해되어 있다고 해야겠다.

이처럼 신협의 시는 내면의 정신세계를 삭힌 정서로 응축시키며 시적 대상을 구체적으로 재현한다. 보편적이고 쉬운 언어로 지성과 감성이 용해되어 자신만의 시적 세계를 연출하는 그의 시는 쉽게 우리를 동감으로 이끈다. 그가 주창하는 정신적 시정신이 시의 내면에 흐르기 때문일 것이다. 투명하고 선명하게 운행되는 그의 언어는 현장감 있게 시대의 정신을 재현하며 우리에게 성찰의 기회를 제공하고 정신적 동화를 불러일으킨다. 그만이 지닌 독특한 시적 방법론으로 정신의 본령에 이르게 하는 시적 초월의식이라고 할 수 있다. 미흡하지만 그의 시집의 편 편을 통해 내리는 필자의 결론이다.

앞으로 신협이 자신만의 독자적인 시를 통해 어느 방향으로 진화를 계속할지 귀추가 주목된다. 시는 나이 들지 않는다고 한다. 시인은 시로 말해야 한다. 따라서 '지금 여기'에 현재진행형으로 시를 쓰는 시인으로서 신협이 나이를 초월해서 자신의 시와 함께 진화를 거듭하길 기대한다.

신 협 시집

기해년의 기도

발   행 2020년 5월 15일
지은이 신   협
펴 낸 이 반송림
편집디자인 김지호
펴 낸 곳 도서출판 지혜 · 계간시전문지 애지
기획위원 반경환 이형권
주   소 34624 대전광역시 동구 태전로 57, 2층 도서출판 지혜 (삼성동)
전   화 042-625-1140
팩   스 042-627-1140
전자우편 ejisarang@hanmail.net
애지카페 cafe.daum.net/ejiliterature

ISBN : 979-11-5728-396-5 03810
값 10,000원

* 이 사업은 대전광역시, (재)대전문화재단에서 사업비 일부를 지원 받았습니다.

신 협

신협愼協 시인(본명 신용협, 아호는 석계石溪)은 충남 연기(현 세종시)에서 출생했고, 서울대학교문리과대학 국어국문학과와 고려대학교 대학원 국어국문학과를 졸업(문학박사)했다. 1974년 첫 시집 『변명』을 출간했으며, 1977년 『심상』(박목월 추천)으로 등단했다. 시집으로는 『단순한 강물』, 『독도의 꿈』, 『긍정의 빛』 등 9권이 있고, 수필집으로는 『맹물철학산책』이 있다. '噴水 詩 同人', '朝雲隨筆 동인', '심상시인회 회원', '진단시 동인', '한국 좋은시 공연문학회 동인'으로 활동하고 있다. 한국시인협회 지도위원, 한국현대시인협회 부이사장 역임, 한국시문학아카데미 제3대학장 역임. 저서 『현대한국시 연구』(서울, 국학자료원,1994) 외 공저, 편저 등 다수. 홍조근정훈장(2004)(충남대 국문과 교수 정년), 대전시문화상(대전문인협회 회장 역임), 후광문학상(우리문학사) 등 수상. 현 충남대 명예교수.

『기해년의 기도』는 신협 시인의 10번째 시집이며, 문명비판차원에서 이상기후 현상과 모든 분쟁들을 다 극복하고 세계평화와 함께 대한민국의 번영을 기원하는 노시인의 꿈으로 이루어져 있다고 할 수가 있다.

이메일: yonghyupshin@hanmail.net